主编　凌翔　　　　　　　当代著名作家美文自选集

日日有爱，岁岁花开

幸福草　著

民主与建设出版社
·北京·

© 民主与建设出版社，2019

图书在版编目 (CIP) 数据

日日有爱，岁岁花开 / 幸福草著 . —北京：民主
与建设出版社，2019.12
ISBN 978-7-5139-2756-7

Ⅰ. ①日… Ⅱ. ①幸… Ⅲ. ①散文集－中国－当代
Ⅳ. ① I267

中国版本图书馆 CIP 数据核字（2019）第 248328 号

日日有爱，岁岁花开
RIRI YOUAI, SUISUI HUAKAI

出 版 人	李声笑	
著　　者	幸福草	
责任编辑	周佩芳	
封面设计	陈姝	
出版发行	民主与建设出版社有限责任公司	
电　　话	（010）59417747　59419778	
社　　址	北京市海淀区西三环中路 10 号望海楼 E 座 7 层	
邮　　编	100142	
印　　刷	唐山楠萍印务有限公司	
版　　次	2020 年 1 月第 1 版	
印　　次	2020 年 1 月第 1 次印刷	
开　　本	710 毫米 ×1000 毫米　　1/16	
印　　张	13	
字　　数	200 千字	
书　　号	ISBN 978-7-5139-2756-7	
定　　价	49.80 元	

注：如有印、装质量问题，请与出版社联系。

自序　流金岁月，捡拾那一闪一闪的小幸福

平凡的我们，生活在这个世上，总归会有各样的烦恼。有的人，善于宣泄掉；而有些人，则放在心里，闲的时候，就会拿出来折腾自己，这可就有些糟糕了。

这有时也是没法子的事。谁不想心底平和，喜乐安好过日子？但那些让人不得清静的东西，有时像是入侵的顽敌，一时难以将其驱逐出境。

我也曾属于这多想中的一员，痛苦中，如何赶跑让我不得欢颜的顽敌呢？捡拾日常生活里的小快乐，然后，用朴素的文字记录下来，是我的一大法宝。

妈妈给的一份关爱，我记下；朋友的一次开导，我记下；看见一棵坚强的小草，我记下；一份小小的心动，我记下；一次偶然相逢的欢喜，我记下……

渐渐地，我看世界的目光越来越温柔；慢慢地，我觉得每一段时光都咀嚼生香。有一天，看着这些记录，忽然惊觉：哦，生命如此美好！

捡起一颗幸福的小星，又捡起一颗幸福的小星，积攒成满天的星星。终于，有幸集成这本《日日有爱，岁岁花开》。

可能显得粗陋，然黄永玉说：我丑，但我妈喜欢！

目 录

第四辑　生命之爱
——有梦想的人生才会开花

第一辑　父母之爱——永远的宝贝

世上最爱我的人

晚上，突然听到先生的手机铃音，拿起一看，显示是我爸爸的来电。"一定是问你身体有没有好的。"先生说。我接起，果然，爸爸的电话，当听我说好了时，我听到电话那头爸爸告诉妈妈说："好些了！"

心中涌起一阵感动，暖暖的幸福。

其实，爸妈好辛苦，前天在家时，忽然一场瓢泼大雨，被飓风从天上倒下来。爸妈连连惊呼："不好了，大棚的薄膜没拉上！"然后，为了防止大棚被风给掀掉，两位老人忙忙地冲进了大雨中，一件雨具都没来得及带。

大概一个小时后，爸妈从田里回来，浑身都湿透了，好像从河水里捞上来的一般。这四月的天气，又刚刚陡然降温，我真担心他们弄出病来。

所以，当爸妈在电话里叮嘱我要注意身体时，我便动容地嗔怪道："你们才真要注意，你们在大雨里弄大棚才让我担心。"爸爸说："我们习惯了，没事！"

唉，这哪是八十岁的老人说的话和做的事啊！我们在他们眼里永远是要照顾的孩子，而他们是强大得永远能为儿女遮风挡雨的大树。所以，有父母在，便有人爱着我们，我们便永远受到庇护。想到这里，我又由衷地对爸爸说："你们身体好我们才有福气！"

这次周末回家，本意是陪伴一下父母，不料，到家后却生了病，躺床上起不来了。结果妈妈一边要烧饭给我们吃，一边要干繁重的农活，一边却还要不停地过来问候我的病况。

妈妈的背驼得像一把弓。她一会儿端来一碗红糖茶，让我喝了，说"上次你二嫂在家，胃疼，喝这个，灵光，有用。"又催着趁热喝。一会儿过来说，"果然你还睡着，糖茶没喝，赶快喝呀。"于是，看着我喝完了才走。一会儿又跑过来说，"我炒了蒜苗鸡蛋，这个菜清爽，你坚持吃点啊。"一会儿又说，"要不我泡一碗八珍糕，这个你以前最喜欢的……"

这让我联想到，小时候每次我生病时，妈妈都是这样，想着法子让我吃点。爸爸常对我说的"口头禅"是："只要嘴巴能动就吃，吃了病才好得快。"印象中，妈妈为了我开胃、早些康复曾经烧过的菜还有麻辣豆腐、青椒炒紫茄、麻虾炖蛋……反正我平时喜欢而不得的，这个时候妈妈就做给我吃。

说来也神奇，有时候，真的吃了这些菜，好像灵丹妙药，一下子来精神，病就去了大半。爱是最好的治病良药啊！

爸爸平时非常节俭，都因我们兄妹四个过去读书，费用太高，日子一直过得紧巴巴的，因此，尽管现在日子好过了，爸妈依然省吃俭用。每到春上，日天变长，在田野劳动肚子就容易"唱空城计"，且爸爸胃不好，便偶尔会买村头小店里5元钱一大包的脆饼。可是，就连这个，也常常念叨不能买了。可是，每次我们回家，爸妈就张罗着去买好多菜，这次竟意外地发现，爸爸为了我们买回一样稀罕东西。

我家也算是海边人家了，每至春天，黄花鱼上市时，就有人在农家门前叫卖。那可是刚从海里网上来的，味道特别鲜嫩。这天中午，听妈妈嘀咕，"你爸在干什么呀？"我顺着妈妈的视线看过去，原来门前大路上停着一辆三轮车，爸爸正在买黄花鱼呢。那黄花鱼的价格可是脆饼的4倍还拐弯儿呀！

可惜，这次因为生病，最后这黄花鱼也没吃得成。回来后，那过去在家吃过的鲜美味总在我记忆里翻腾，遥不可及，因为，没有哪一种美味能够替代！

把厨房搬到宾馆去

天下的爸爸妈妈们，为了孩子，什么奇葩的事儿都做得出来，且可谓遑遑大观，令人叹为观止。这世上，因为爱，一切皆有可能。

儿子读大三的那年，我们周末常去看他。住在他学校附近的宾馆里，然后，一家三口，共度一天多的时光。

有一次，我们再次去看儿子，但这次与以往不同，带了许多特别的东西。

做好的红烧带鱼、煨熟了的排骨；切成薄片的熟牛肉；大米以及大蒜、蘑菇、莴苣等新鲜的蔬菜；生姜、葱花、酱油等佐料；连锅碗、菜刀、砧板也到大城市来见世面了。

想到儿子常年在学校吃食堂，或者点外卖，都是些放了许多佐料、口味重、太油腻的食物，有时甚至怀疑是地沟油烧的菜。儿子也常念叨还是家中的菜好吃，清爽。于是，我们两口子合议，买了菜，荤素搭配，现场为儿子做一顿"爸妈的味道"的饭菜。

只是如何准备，保持新鲜，有一点点难了。受炊具的限制，有些东西现场也做不起来，比如炒菜。于是，我们便把荤菜煮熟，蔬菜就选可以与荤菜混合起来煮的，以及可以凉拌的。

锅子就带的电饭煲，可煮饭，可蒸菜，可煨汤。一切妥当，把厨房从小城市的家中搬到了大城市的宾馆里。

一住下，先生就让我一个人到学校接儿子，他则在宾馆里摆下场子，开始热荤菜、洗蔬菜、淘米做饭……那井然有序样，俨然是一级大厨。其实在家里都是个不怎么烧饭的人哩。爱真是可以创造奇迹啊。

儿子这段时间课业紧，每天除了校内课业，还有乐队排练任务。最困难的是参加校外语言培训班。每天得乘地铁来去两个小时在车上。其辛苦可想而知。常常我们晚上打电话给他时，他要么因在上课而挂掉，要么是刚上完课在回校的路上。每次声音都疲惫得有气无力的。

当然，年轻人吃点苦是好事，没打拼过的青春不叫青春。但做父母的总会对孩子受苦，心里十分舍不得。这不，把厨房搬到宾馆，也算是对他的一次慰劳吧。

做的菜，虽然味道清淡些，不及外面的色香味诱人，但也是孩子多年习惯了的味道，有着特别情结的味道。

宾馆房间里有一小圆桌，烧好的饭菜端上来，一家三口，围着一桌热腾腾的饭菜，边吃边聊，感觉竟和在家里一样，洋溢着浓浓的温馨和幸福呐！

当然，把厨房搬到宾馆，大概也只能这一次了！毕竟宾馆里也不同意让油烟熏了房间。

送我上青云

七月，榴花红似火。我去上海参加为期一周的培训。此间，抽空到住在培训地附近的表妹家玩，恰好表妹的男朋友也在。闲聊中他讲述到高中时的一段故事，令我感慨万千。当日，我按照他讲述时的口吻，录音一般把这个故事"录"进了我的日记中。

那年夏天，我接到了录取通知书，我终于考上了梦想的高校。

我要把这个好消息第一个告诉李小木，而且，我也想问问他，有没有收到通知，我们志愿填报的同一所学校，同一个专业。

三年前，我从响水考上盐城中学，而李小木从大丰考上来。我们两家当时合租在一个宿舍。

可是，高二时，李小木爸妈离婚了，后来，他爸妈基本上都顾不上理他。于是，我们俩都是在我爸妈的照顾下完成接下来的学习任务的。

起初，我爸妈还担心他不肯，但李小木却默默地接受着我爸妈的帮助。我爸每周来看我们，我妈就专门在这里照顾我们。

我们对李小木，只谈学习，其他的事情，他不说，我们也从不问。我们俩的成绩，在年级排名也一直保持着差不多的样子。偶尔我比他领先几名，偶尔他领先我几名。

　　于是，我在微信上给他发了条信息。一会儿收到他的回信：我也收到了。就这几个字，什么表情符号也没有。我感觉气氛有点不对。应该开心，不是吗？

　　我爸妈对李小木也很关心，让我约他米我家玩。正好商量一些事项，开学时一起去报到。

　　可是，李小木半天也没回我信息。

　　这小子，怎么的了？

　　考上好学校，爸妈高兴坏了，奖励我出去旅游一趟。于是，我和几个同学，去到向往已久的海南，一周后回到家，又想起，李小木还一直没再给我任何音讯。

　　在爸妈的催促下，我直接打电话给他。

　　我爸妈把他当作另一个儿子一样。我妈过去就常念叨李小木好，"李小木稳重！"，"李小木聪明"，"李小木这孩子懂事"。搞得我这个亲儿子，有时都有些忌妒他了。

　　"你儿子叫吴大房，不叫李小木"，我有时和妈妈开玩笑。"我直接怀疑，你是不是我亲妈"。

　　不过，我确实也蛮喜欢那家伙的。也说不出具体原因，反正和他一起挺舒服的。

　　大概我和我爸妈都有点同情他吧。都说会哭的孩子有奶吃，可他李小木的沉默，却无形中让我们更觉得，我们有义务去关心他。

　　因为，他一定是在强忍着所有的伤痛。

　　我直接去他家，找他去。

　　高一寒假时，我曾经去过他家一趟。

他家在海边小镇上，一栋欧式洋房。他爸办一个公司，他妈在医院工作。家里条件挺好的。

比我家强了好多倍去。我妈没工作，我爸在建筑工地上干活。本来我爸还去上海苏州打工，我上高中后，为了能常到校看我，三年，我爸就在响水县的一个工地上干活。

可是，自李小木爸妈离婚后，他的生活费就都是我爸妈负担。他爸妈都比我们有钱，但就是不给他生活费。他不说，我爸妈也没问原因。我妈说，每天不多李小木吃的一口，权当养两个儿子。

爸妈也开玩笑说，白捡了个儿子，赚了个大便宜了。

我的不期而至，让李小木吓了一大跳。可我见到他也觉得怪怪的。我不是在他家找到他的，而是在大丰的一个工地上。本来清瘦白净的他，晒得黝黑，好似换了个人。

一向少说话的小木，终于让我知道了事情的来龙去脉。

说来有些复杂。

原来，他还有个妹妹李小叶。他爸妈离婚时，他跟着他妈。妹妹则跟着他爸。他爸妈都各自又组建了新的家庭。他妈妈还离开大丰，到外地去了。

可是，他的那个从未见过面的继父，不但把他妈的钱都骗走了，还让他妈丢了工作，背了一屁股的债。

这样，当他提出上大学的费用时，他妈一个子儿也拿不出。他爸对那个比他大不了多少的小夫人言听计从，又说公司经营也出问题了，没钱供他读书。

他高考一结束，便通过一个做工头的熟人介绍，到工地上去打工了。据说，想到去工地上找活干，还是受了"叔叔"也就是我爸的启发。

我回家把小木的情况告诉爸妈，我爸想都没想就说，小木上学的费用由我们付。

我和我妈都瞪大了眼睛，爸，你吹牛吧，就凭你工地上挣的那点钱，担负两个人读大学？

没有对付不了的难处。爸说，我到大城市去打工，有经验，一个月赚个万把块不成问题。你妈也可以再找点事做做。再说了，小木都知道去打工，总归是有办法的。说罢，爸爸又嘿嘿地笑道：白赚个儿子，福气啊。

想起我爸妈平时省吃俭用，对他们自己抠得要死。现在大多数人家都富裕，可我爸妈这几年过年，一件新衣都没添，可对我和小木却又大方得很。

当我把我爸妈的想法告诉小木时，这家伙，竟然又一点也不客气地接受了。

现在，我和小木都研究生毕业，我在上海工作，小木在香港工作。去年春节时，阖家团圆，小木也在我家，他妹妹李小叶也来了。我们一家子其乐融融。

除尘，贴春联等活儿干完后，站在我家门前场地上抽支烟的空隙，我问小木，你怎么从来就不拒绝我爸妈的好心呢？

此时，恰好一只巨大的鸟儿从眼前掠过。小木说，你看，它只有先长大了，才可以飞上天。

再说，我觉得叔叔阿姨不是帮助我。

欸？

叔叔阿姨是养育了我。

嗨，我也不觉笑起来。庆幸，不仅我爸妈白捡了个儿子，我也白捡了个弟弟。对了，小木比我还小一岁。

三只粽子

盛夏的一天，回老家。第二天早晨，早饭上桌，我看到有几只粽子。拿起一只剥开一看，呀，红豆的，我的最爱！高兴劲儿立即在全身的每颗细胞里绽放。

对于一种食物的喜爱，往往缘于少小时的记忆。我不但喜欢吃粽子，还尤其喜欢吃红豆粽子。

大学毕业，走上社会工作之前，在裹粽子那几年的端午节（很多年我家舍不得包粽子），母亲往往会包出三种花样的粽子：白米的，红豆的，还有蚕豆仁的。这三种中，当数红豆的颜色最好看，口感也最佳。

现在，每当看到粽子，我往往就想到小时候母亲包的红豆粽子。那就不仅仅是吃一只粽子了，而仿佛是在品尝一份特别的记忆，回味一道特别的味道，重温一段特别的情感。

"还是端午时包的，到现在就剩下这几只了"。妈妈对我说，"知道你喜欢，这几只你带走吧。"我一边很高兴，一边又觉得于心不忍。爸妈农活很忙，一般没有时间包粽子，同时，对于非常节俭的爸妈来说，粽子，在他们的餐桌上，那也算得上是高档品了。

于是，我想要把粽子留下，由爸妈自己吃。可是，妈妈不肯。最后，在妈妈的坚持下，我真的把最后的三只粽子带回了盐城。

次日，我便将这三只粽子煮了当早饭。先是和先生一人一只。剩下最后一只，先生说，你喜欢，你吃吧。我知道他根本没吃饱（他那大个儿，就是三只全让他吃了也未必够），就让他吃。但先生也一样坚持推让，没法子，我提议，一人一半。在我的再三坚持下，这个建议被先生采纳了，于是，我们美美地分享了第三只粽子。

先生上班后，我想起这三只粽子的"命运"（经过妈妈的双手细细地包裹，被码放在冰箱里从端午节到夏日，然后又乘着小车，一路随我们到盐城），心里便甘泉般溢出温馨。小小的普通的三只粽子，承载了父母之爱，演绎了夫妻之情，见证了一段美好的时光。

幸福的孩子是怎么来的

5月的一天，下班走到电梯口，遇到同事苏玉，她问我："邻书姐，中午吃什么呀？"

"粽子！"我用无奈的口气说道，然后又补上一句："爱有时是一种负重啊。"

端午节，两边老人都给包了粽子，家中冰箱里塞得满满的。先生又不爱吃，只有我一个人来完成任务。都吃了有两周了，冰箱里还不见减少。所以，我是幸福地苦恼着。

"是啊，"苏玉接口到。"我爸每个周末回来，都烧几样他的拿手好菜。如果我不吃，我爸就问'是不是老爸烧的不好吃呀？'所以，每次我坐在桌旁椅子上吃饭，最后都撑到站不起来。然后，我爸就开心了，对我说'看来，我家宝贝挺喜欢吃的。'"她说完，撇了撇嘴，做了个很无奈的表情。

我突然觉得苏玉好幸福呀。她爸是一家上市公司的老总，常见的情况应该是扑在事业上顾不上家，但她爸竟然每个周末为了心爱的女儿亲自下厨！

苏玉很开朗，每天走到哪里，都会带来一片笑声，我每天和她接触，感觉自己也和她一样，变成一个恰好年华的青春派了。

我有时也戏说她到处秀可爱。其实，她是真的挺可爱，人见人爱，花见花开！就连修个包还不要钱呢！

一天，苏玉到小区门口找人修理包的拉链，她和人家师傅拉了半小时家常，到包修好了，师傅便对她说，算了吧，你拿走吧，免费。

看吧，小嘴甜的，小样儿逗得人家师傅喜的，不收钱还觉着赚了。

她这样的故事，不胜枚举，每天、每时都在发生。

幸福的女孩是怎么来的，都是父母的爱浇灌出来的。快乐的，开朗的，健康的，阳光的。是的，特别地阳光，走到哪儿，就像三月的春晖，点点闪烁光芒，温煦洒遍角角落落。

我本人又何尝不是呢？尽管在社会上遭遇过各种挫折，但更多时候，仍然显得快乐喜悦。待人习惯多替对方着想，遇事总爱往好里寻思，这也是被我爸妈关爱结出的果啊。

爱，可以在砂砾里栽培出芬芳的玫瑰。我与苏玉都幸运地生长在被爱包围的环境里，这或许也是我俩投缘的原因之一吧。

一枝一叶总关情

星巴克咖啡

超市里看到卖星巴克咖啡，纸盒装，内置8条小包装。慕名买了一盒。到学校看儿子时，带了两条去。

儿子来到我们住的宾馆，看见了，觉得奇怪。他拿过去瞧着，疑问：星巴克竟然有这种包装？

第一次听说星巴克是一位朋友的女儿在英国求学，他们夫妇俩去看孩子，顺便饱览英伦风情，回来后说，在英国，有两个鲜明印象：一是家家户户门前屋后都种满了鲜花。二是每隔几步远便看到一家星巴克咖啡店。

而第一次喝到星巴克咖啡则是因为儿子。那次开车送他去学校，中途进服务区休息，在服务区内超市里购物时，儿子从货架上挑了一瓶星巴克咖啡。

他爸见了，赶紧阻止，我也表示反对。担心儿子年轻，喝咖啡，不利健康。

却见儿子手一伸，把瓶子递到我的面前。原来，他是给我买的！

每次开车，为了提神，我都会泡一杯速溶咖啡再上路。可是，他爸认为咖啡喝多了不好，多次要我戒掉这习惯。于是，那天，我坚持着没喝咖啡。

儿子说，吃咖啡不要紧，人家外国人当茶喝。

咖啡是否宜吃可先搁过一边，我觉得他父子俩，一个不肯我吃，一个支持我吃，都是对我的关怀，角度不同而已。

这事每每想起，心底无比得意。

野生鲫鱼汤

4月初，从南京返回盐城的路上，决定顺便打先生老家走一趟。打电话回去，却无人接听，公公的手机关了。

估计在田地里劳动。

走近老家的庄子，穿过金黄的菜花，油绿的麦苗，往自家农田走去。果然，婆婆正在锄草，而公公就在田头的河边钓鱼。

上钩的不少，网箱里有十几条成人巴掌大的野生鲫鱼。

公公婆婆一见我们回来，很高兴，立即收工回家。婆婆说，把这些鱼杀了，你们带回家。

先生不同意，他大概意思是留着老人自己吃。我未置可否，暗想：老人也是一片心意，要是我们不领情，说不定他们反倒不高兴哩。

先生怕也是悟过来了，随即改口说：要不，你们烧好，我们吃了走。

一会儿工夫，两碗雪白浓稠的野生鲫鱼汤便端上了桌，热气腾腾的，好香。

吃苹果吧

临近中午，感觉有点肚子饿了，正寻思找点什么喂饱"饥饿这只虫子"，这时，坐对面办公桌的同事恰好说：我带了许多苹果来，大家吃苹果吧。

俗话说，早上吃水果是金，中午吃水果是银，晚上吃水果是铜。加上觉得吃人家东西，不太好意思，所以，同事话音未落，我便下意识地说：不吃。

可是，同事却拿出苹果，给办公室的每个人削了一个。待到给我时，因为，其他人都接受了，我便不好再推辞，接了过来。

我们是一个大的办公室。所谓大，即是人多。一个人多的办公室，大家相处友善是非常重要的，无形之中，会给生活和工作增添许多开心因子。

一个单位里，大概总难免有个别人会破坏这种好的氛围，处心积虑，干些损人利己的勾当。记得不久前，一朋友还跟我说，你们机关人最虚伪，表面上客客气气的，背地里谁整谁还说不定哩。

不希望是这样的。

办公室里飘满了苹果的香气，伴以大家的说说笑笑的声音。我真的很喜欢同事间这种欢笑一堂、友好相处的生态！

给孩子留下"故乡"

国际知名导演是枝裕和曾说，"绝不是只有自然风景能给人慰藉！"

还有什么呢？故乡！当你踏上故土，临近老家时，一股安心感便会涌上心头。

那，什么又是一个人的故乡？年少时和父母家人长期居住，长大后你却因各种原因而离开的地方！

所以，当是枝裕和因故搬到租住区，尽管住了多年以后，他的母亲始终感觉不舒服，"临时住处"的感觉始终没有消散。

而是枝裕和也痛觉失去了"还乡之地"！

现在住在城里，搬家是多么频繁的事，在孩子的心中，哪还有"老家"，哪还有"故地"！

因为孩子上学买房子、租房子；条件好了，换房；工作变迁了，又住到了靠近的地方……

是喜悦还是忧伤？有一点可以肯定，那就是，在孩子的心中留下了"到处飘零"的印象，播下了"不安"的种子。

有位同事，很年轻。有次我问她，如果让你到外地去当"高官"，去吗？她异常坚决地说："不去！"

原来，她上高中便离家寄宿在校，刚工作时又在外地县城，"流浪"怕了，只想安静地守在父母身边！

说起搬家，我从农村来城市打拼，也曾面临着不停地从一处搬到另一处的命运。

初时租房住，随着主家要重建房，我后来调动单位，再后来孩子上学所需等种种变故，不得不一次次调整住地，从城西搬到城东，从城北搬到城南。先后搬了九次家。还有一次，为了抢住进单位的一间活动板房，还得罪了一位朋友，弄丢了一份友谊。

孩子奶奶说我们"像老鼠衔窝"！说着说着，一向寡言少语，不轻易流露感情的老人，竟不停地抹起眼泪来。

一次，先生带孩子去他小时候住得较久的房子附近办事，说孩子到"家"门口时，愣住了，反应不过来，恍惚了好久。

性格大咧咧的先生，从不把什么事儿放心头，唯独孩子的这份神情，深刻地印在了他的脑子里，挥之不去。

所以，多年了，经常听他感叹的一句话是：等有钱了，把那栋房子还买回来！

是啊，自搬到现在住的这栋房子里后，我们决定，以后无论好坏，如何变迁，这房子不再变换了！即使改善居住条件，这房也要保留着。

只为了无论孩子以后走多远，给他心中留下一个可以称作"故乡"的地方！让孩子无论走到哪儿，都不会感到孤寂和不安，因为，在他的心里，有"家"，有家人！有可以回得去的记忆。倦了，想有归依时，有一个充满温馨的地方，随时可以张开双臂欢迎他。

老伴

周末，与先生一起回老家。

路上，先生说，"爸爸现在思维很清爽！"。

"都是因为奶奶照顾得好，要是两位老人感情不好，早怕……"

对于我的这一论断，先生深以为然，沉吟着发出认同声。

公公过去是教师，琴棋书画都通。而婆婆是不识字的农村妇女，整天只知干活，性情温和，寡言少语。两位老人，一辈子没有红过脸。

"但大概感情也不深吧。"我曾这么揣度。"不争不吵，不得到老"呀。

儿子们相继成家之初，公公是有点封建家长思想的人，因此，同一个屋檐下，家人间难免有磕磕碰碰的时候。每当哪个儿媳与公公发生龃龉，气氛不太愉快时，婆婆仍是默默地不说一句话。从不表现出对公公的袒护，甚至好像还站在媳妇那边。这些，都让我确信自己的猜测。

可是，到了公公婆婆真的老了，尤其是公公身体不好以后，我才明白，我错得远了。婆婆只不过是用默默承接儿媳的怨气，以消解矛盾。

到了七十岁左右，公公心脏、胃病有些严重了，这时，每次去医院，婆婆都陪伴在公公身边，不会因为有儿子在，就在家中等候。"我跟着去才放心，在家我会着急。"婆婆急切地解释她要去的理由。

公公到了七十六岁上，可能是老年痴呆，一夕之间，记忆力急速下降。生活能力也渐渐地弱下去。

自那以后，婆婆忽然变得话多起来，每次我们回家，便忧心如焚地告诉我们，公公怎么刚吃过饭又说要吃，才去镇上取过了工资又嚷着要去……"不知怎么好，怎么会变成这样的。"婆婆叹息着。

村里有家打铁的。不少人家，用一只特制的铁皮壶，到他家去烧水。公公婆婆吃的也是这种水。我便猜测会不会是这水有问题，伤害公公的记忆力。婆婆听我这么说后，就再没到铁匠家烧水，都改用家中铁锅烧了。

农村的老人讲迷信。有次姑奶奶怀疑公公这样是不是撞鬼了。于是，婆婆便去给公公算命。算命的说公公活不到八十岁。我们回去时，婆婆告诉我们，"这怎么好呢，我愁煞了。"

公公每天需吃好多药，有七八种，都是婆婆照顾他吃。婆婆不识字，都不知道她是怎么分得清这些药的。

婆婆以前不会打电话，一向时髦的公公用的还是智能手机。当公公手机打不灵便时，婆婆竟然学会了打儿子们的电话。这个，我也觉得太神奇了，她是如何从那一大串号码中找到儿子们的呢？

婆婆一步不离地跟着公公，生怕他走丢了。有时正在烧饭，一抬眼，发现公公出了院门，便熄了灶火，急忙追着跑出去。

这次在家，我们又目睹婆婆仔细地照顾着公公吃饭，服药，穿衣，喝水。有时公公还没说出来，只一个动作，一个神情，婆婆便知道了他要什么。我感觉他们好像合为一人了，那样的默契。

公公自己还讲，村里一位老爹爹，一个人，没人照顾，身上一股异味，老远就能闻到。遇见公公，还跟公公握手。弄得公公回来后，把手洗了又洗。"他一个人，没人照顾，可怜啊！"公公感叹。

是啊，公公清清爽爽，精气神也不错，记忆力也相对稳定了，没再急速地下降。

公公过去非常傲气的一个人，从没见他夸奖过婆婆。现在反倒经常说："你奶奶好，她这个人善良啊！"

所有的粽子都变小了

平常生活中，那些看似微不足道的小事，其实是一粒粒的小钻石，用心感受，用心收集，聚起的光芒，可以穿过灰暗时刻，让你的心始终向着，光亮那方。

端午节，粽香飘万家！

今年端午节，我除了微信上收到不少祝福，还有一个不同以往的端午现象，让我心中感触颇深。

我喜欢吃粽子，尤其是红豆粽子，这在家中是尽人皆知的。因此，到了粽叶青青的季节，我便能在第一时间，吃上美味的粽子。

有人将这事放在心上呢！

早在端午节前，两边的老人，便都包了粽子，让我尝了个新鲜。

先是我妈妈，早把粽叶打回来，挂在屋檐下晾着，我周末一回家，便包了我最喜欢的红豆粽子。然后是婆婆，也包了粽子，不仅让我在家吃了个肚皮胀满，还让带了不少回来。

婆婆包的粽子，样子小巧，坚实美观；妈妈包的粽子个头大一些，又因年纪大，牙齿咬不紧扎粽子的绳子，因此，粽子比较松，外形有点"粗大汉"。

五月初，在婆婆家，我一边贪心地吃着粽子，一边说：粽子是好吃啊，可惜，这样吃，人也会变成"粽子"的吧，要是包得再小一点，一次吃一只，既享受了粽子，又不用担心发胖。

我也是无心一说，没想到，到了端午前夕，婆婆带来的粽子，一个个都成"迷你型"的了。哈，又漂亮又可爱，且清一色是红豆的，让我大大地意外及新奇和欢喜了一番。

端午节我是在妈妈家过的，上天，我无意中对妈妈说起婆婆包的"迷你粽子"一事。第二天，破天荒，妈妈端上来的粽子，有史以来，是我们家最小的了，比先前婆婆包的小粽子还要小。

这世上，把我无意中说出的想法，记在心上的，也就只有父母们了。

现如今，虽然生活各方面都过得不错，但我们的心却不容易感动了。可是，这次端午节的小粽子，却让我慨叹良多。

剥开清香浓郁的粽叶，看着一只只白玉中嵌着红宝石一般的、晶莹的红豆小粽子，真是觉得无比的幸福呢！

节日虽已过去，但这小粽子承载的母亲们的心，却长留在记忆中，成为日后我要每一天都开心过好的理由和力量。

吃下去的都是爱

凌晨 3 点，风雨如晦。坐起，开灯，翻看前年的日记。在深夜，听风，听雨，重温父母兄弟的关爱，满满地都是幸福。——题记

中秋回家，带了一只番瓜，一些青椒过来。因这段时间，出差的出差，上学的上学，家中就剩我一个人吃饭，为了不使带来的这些农家宝浪费，于是，我一日三餐，就是煮番瓜，炒青椒。

当我告诉好友时，她讶异道："你不腻啊？"

还真没这感觉，相反，每顿我都很期待，吃得特别香。一想到可以吃到它们，浑身都来劲，可别提多长精神了。

那番瓜，又甜又糯。从来不用打农药，这么环保的东西吃了爽心啊。那青椒嘛，从田里现摘的，干燥燥的，放几天还新鲜样。切成细细的丝，油锅里翻炒，青翠翠的，看了就叫人流口水。有时，我会加点海米进去，结果红是红来，绿是绿，更是诱惑人了。

不仅仅如此，更因为，这瓜里，这青椒里，载着满满的爱！

这番瓜是那种弯弯的腰身，底端长着个可爱的大肚子的那种。我们那里人家，喜欢让这种番瓜长在屋顶上。由于在高处，无遮挡，阳光照射充足，所以，番瓜皮红红的，最表面又好似薄薄地敷了一层白粉，更让整个番瓜看上去就像个粉嘟嘟的胖娃娃。

那天中午，大哥看到家中屋瓦上结了不少这样的瓜，便呼唤弟弟，一个上屋摘番瓜，一个在屋下传接，放到筐子里。瓜儿红，笑声欢，我在一旁看了，心中美滋滋的。

临出发时，妈妈赶紧到田野，亲手摘了一篮子青椒，回来挑出个儿大小差不多的，用袋子装了给我们带回。大哥也挑了那最好的番瓜放到了我的车里。

每次我们回家都是这样，大包小包，大袋子小袋子，什么正新鲜上市便带什么。黑豆、黄豆、红小豆；花生、蚕豆、大白菜；青菜、黄瓜、胡萝卜；玉米棒豆、山芋、马铃薯……

有次家中建房，帮厨娘子笑着说：你知道天下爸爸妈妈都有一个共同的姓名是什么？带！

所以，这红番瓜，绿青椒，承载了浓浓的兄弟之重义，携带着殷殷的父母之深情。这样的番瓜和青椒，吃起来，难道不满满地都是爱的味道吗？

第一本书的诞生

中午，下班回家。早春的阳光，温暖地照耀着。走进小区，正惬意地穿行于林间小路。突然，前方一个红色身影，笑意盈盈地与我打招呼。

"你书里的文章写得真好！"原来是一位好朋友。

"谢谢你鼓励！"每次别人提到我写的文章时，我都这么感谢人家。因为，自知底气不足——常恨不得妙笔，写不出如花美文。

"我每篇都读了，你的文笔很细腻。真羡慕你生长的那个地方，滋养了你的风骨和才情。"

她是指我的书中，多有写到家乡的文字。是啊，生我养我的家乡，地美，水美！但同样令我感慨的是，遇到的人更好！

那些来自家人、朋友的关心和支持的画面，一一闪现在我的眼前。

她姓陈，是机关里的"一枝笔"，我常常在QQ里，把写的文章发给她，有时，自己都觉得好烦人，可她，总是很耐心地看完，给出修改意见。

她姓郑，是一位领导，工作繁忙，我这种不入主流的小文，有不少人不屑一顾时，她却将我发在博客上的文章一一看过，并作出评论。"你是讲故事的高手！"虽然知道这话过誉了，但仍然给我继续写下去的力量。

他姓张，是一位"老笔杆子"，在我决定写写小文之初，每写好的文章，就发给他，他总是不厌其烦地给我修改，一遍遍推敲主题和文字。

他姓薛，是国家一级作家，多次帮助分析文章的优劣，指点我写作的方向。

他姓单，是一名刊物专栏作家，告诉我，"你的文风像鲁敏，建议你多看她的作品。"

他姓徐，是一名机关内刊编辑，是他给我肯定："写得好！"然后采用我的文稿，激发了我写下去的热情。

她姓丁，是一名文化系统的干部，见多了各类文艺创作人员是如何熬出来的。一次又一次地警醒我："你要广泛接触各类人员，每晚上要坚持写上2小时！"

…………

这才有了我一只又一只"爱因斯坦的小板凳"的出炉。虽然总是丑的，实在不像只"小板凳"，但我鼓起勇气制作并拿出来。

两年时间，大大小小，流水账一样，我写下了数百篇小文。散文写，诗歌写（或许根本不能称作诗歌），小说（或许根本不能叫小说）也写。

当瘪谷子、饱谷子堆满仓时，有人建议我梳理汇总一下，出本书。

我犹豫，我羞愧：那些"丑媳妇"见得了公婆吗？那些丑陋的"小板凳"面得了世吗？那些"丑小鸭"杂在"天鹅"群里活得下来吗？人们会不会笑我不知羞？

她姓周，听说后对我说："这很好啊，我认为是了不起的事，把自己的心血集成书，留存，也是给儿女的一笔精神财富。"

他姓徐，是一名老师。听说后对我说："书，一定要出，我盼望着拜读呢，并要给你写一篇书评！"

他姓郑，对我说："出书，好事！我支持你，费用上有难处你说。"

公公说："好事啊，那你就成我们家族里第一个出书的人了！"

农村种田的 80 岁的老父亲说："我现在正没东西可看，你出了书，我就有得看了。"

尽管我的心里盈满了感动，但仍犹豫着、迟疑着、左右不能确定。这一晃，就蹉跎了一年多的时间，几乎把当初出书的念想全部淡忘干净。这时，老父亲的一句话让我重拾旧事。

"你的书，出得怎么样了？"原来，父亲在等着呀！

书终于出来了，我带了 6 本回家。随便放在家里柜子上。结果，老父亲拿到他的房间里，藏到一只木箱子里。

而公公，则到处骄傲地帮我宣传，这不，今天，又让我寄一部分回去，说村里又有十几个人跟他要书呢。

啊，我认为不堪示人的拙作，他们却当作至宝！

一幕幕画面，一个个人影，再现眼前，书，或许没有多少人乐意看，可是，于书之外，我却收集了那么多的鼓励、关心、支持、情谊。想至此，片片暖意，荡漾心头。

这时，发现红衣身影已准备进楼内，我由衷地对着她的背影喊道："是啊，我老家那地方很美，但更好的，是你们这帮朋友！"

她回首，嫣然一笑！

枇杷树下的往事

　　早晨，同事带了一袋新鲜的枇杷来，看着这一颗颗黄色的枇杷，我又一次想起老家门前那棵枇杷树，想起许多枇杷树下的往事。

　　我们兄妹四个，在上世纪八十年代，一个接一个地考上了大学，在老家一时传为美谈，事迹还被镇广播站采访报道过。你可能会以为我父母一定是一门心思只叫我们读书，一定给我们灌输了不少立志勤学的大道理。其实不是这样的！在我的记忆里，父母不但从来不跟我们提学习的事，反倒是一个劲地把我们赶到田地里去劳动。

　　我高中是在离家二十里地的镇上中学读的。当时，弟弟和我同校，比我低一个年级。每周就一个假日，每个周六下午只上两节课。因没有自行车，两节课结束后，我和弟弟便赶紧步行回家。远远地，看到家门前的枇杷树，那些树杈绿叶间，似乎蕴涵着许多亲情，我们加快了脚步，走到枇杷树下，首先映入眼帘的是在田里弯腰劳动的父母。父母看见我们，并不像现在的父母见到久别的孩子，满是欢心地迎接过来，宝贝地问候。当父母直起身子看见我们姐弟俩时，你肯定想象不出我父母说的

第一句话是什么。

"两个'拿包小'（东台方言，骂孩子的话），还不快来帮忙干活！"于是，我们顾不得步行二十里的疲劳，把书包朝枇杷树下一丢，立即飞跑到田里，和父母一起劳动起来。

你别以为我父母不爱我们，其实，都怪那时太穷，唯有多干农活多挣钱，才能供我们兄妹四个读书。我们不是单纯从课堂上走进大学的，我们同时也是从田野里走进大学的。大哥是，二哥是，我和弟弟也是。因为我们的课余时间，我们的寒暑假，都是在枇杷树边的田里劳动度过的。

本以为那时是因为要供我们读书，父母才因此这样劳碌，可后来我们兄妹几个陆续进城工作，都过上了比较幸福的生活了，按理说，父母可以从繁重的农活中解放出来，可以安安心心地享享清福了，可是，父母还是一如既往，像转动起来就不停息的机器，终年在田地里劳动。

一次回家，父母在田头劳动，我在场地上转悠，看到家门前那棵枇杷树，不知道什么时候已经长得很高大，比农村的三层楼房还高。仰面而看，厚密的叶间只有稀疏的枇杷，而树下，则落了满满的一地！看着怪可惜的，我问父母："枇杷都长熟了，怎不摘下来吃呢？"妈妈说："哪还有空吃这个呀！"

不仅仅是枇杷。家门前两棵梨树上结的梨子，父母也每每没空摘下来吃，最后，要么被鸟儿吃了，要么掉地上烂掉了，或者干脆全部摘下来给家中羊吃了。而梨子，在我年少的记忆里，曾经是多么金贵而奢侈的水果。还有秋天那一树金黄的柿子，也都成为麻雀、山喜的美餐了。

现在，父母都快八十岁了，还在家里长大棚蔬菜。春秋长胡椒，夏天长豇豆、黄瓜，冬天长胡萝卜。一年四季忙的没有片刻闲时。且养了不少的鸡和羊。我们每次回家，劝他们把地给别人种，跟我们进城生活。但每次家庭会议，最后都以父母的胜利而宣告结束：谁也说不动他们！

对于父母而言，长期在农村日出而作，日落而息，劳动已经成了一种习惯。他们就像那棵高高的枇杷树，默默地伫立在田头地边，根须深深地伸展在褐色的土壤里，守护着那片绿色的家园，汲取着大地的养分，结出丰硕的果实。他们没有什么远大的理想，没有什么美好的梦想，也不懂得什么高品质的生活，只是机械地劳动、劳动。劳动养活了他们的儿女，养育了几个早期的大学生。在劳动中，父母感到无比踏实；在劳动中，父母快乐而幸福着。如果说父母有信仰的话，那劳动就是他们的最高信仰。

虽然，父母从未给我们讲过什么大道理，但父母用他们的劳动，告诉我们人生中两个重要的词：勤劳！进取！父母用他们一辈子面朝黄土背朝天的身影，把这两个词深深地嵌在了我们心灵的最深处！

同事带来的枇杷，告诉我又是一年枇杷长熟时！一粒粒黄色的枇杷，印载着一个个父母劳动的画面。同事吃着枇杷议论着枇杷的阵阵笑声，仿佛是故乡风吹来的簌簌枇杷叶响，一枝一叶低语着父母劳动的故事。这些故事不仅流在我们的血液里，还将传承给我们的儿女，一代一代生生不息地传唱下去。

最幸福的时刻

早晨，我睡到七点半才起来，先生告诉我说，我爸爸妈妈已经到田里劳动了。

他们起得真早啊！我不由感慨万千，一方面为自己懒惰而羞愧，一方面为爸妈的硬朗而高兴。

爸妈八十多岁的人，在农村里，斗志还不肯输给青壮年人，和他们一样地，搭建大棚，长经济作物。爸爸基本上每天要开电动三轮车，驮着农产品送到邻村收购点。

我们回家，村里人经常跟我们说，你爸你妈年纪大了，做不动啊，得劝劝他们别再做了。

早先我们也多次提议爸妈把地给人家种，要享享清福，可是，爸妈根本听不进去。这些年，我们也就不说了。相反，每次回家看到爸妈忙得不亦乐乎的样子，我反而觉得心安。

虽然妈妈的腰佝偻得仿佛要靠到地，让我每次心里有些不是滋味，但是，爸妈的精神头还是比较足的，思维也很清晰，因此，我还是不由得要在心里说声：谢天谢地！

有不少老人过到一百多岁，朋友就提及她熟悉的一个老爹爹，96岁了，还能与年轻人一起打牌打通宵。听了很是羡慕，要是我爸我妈也能这样，那该多好！

我想爸妈精神之所以好，其实与他们长年累月坚持劳动有很大的关系。又加之，现在他们劳动，某种程度上是自发的，因为，他们多长经济作物，就可以多赚钱，这对于过去一直受穷的爸妈来讲，是很大的动力。

我们每次回去，爸妈都很高兴。如果有段时间不回去了，爸爸就会打电话来问。而到了家，不但不要我们帮忙干农活，相反，妈妈还会灶前灶后地煮饭烧菜给我们吃。她老人家忙得高兴，我也就由她去。有时帮助烧烧火，有时干脆就在一旁陪她唠叨家常。

然后我们要返城时，妈妈又会把各种农产品，花生，山芋，花菜……用小袋子装好了，由我们带回。每次，小车后备箱里都装得满满的。

记得有次有个熟人，见我们大包小包的东西往车上放，便笑着打趣说，天下娘家都姓同一个姓，就是姓"带"！

果真如此！

爸妈有力爱我们，这种时刻，对我们而言，总是感到无与伦比的幸福。

差点被吊死的小时候

读到莫言怀念她母亲的一篇文章，其中有段他这么写到："有一段时间，村子里连续自杀了几个女人，我莫名其妙地感到了一种巨大的恐惧。那时候我们家正是最艰难的时刻，父亲被人诬陷，家里存粮无多，母亲旧病复发，无钱医治。我总是担心母亲走上自寻短见的绝路。每当我下工归来时，一进门就要大声喊叫，只有听到母亲的回答时，心中才感到一块石头落了地。"

这让我想起了小时候有段时间，也特别怕找不见我的母亲。

那时候，还是集体经济，妈妈总是和村里人一起劳动。这块地里的活儿干完了，就移到下一块地里去。当时，我没人带，妈妈便把我带到田里。让我坐在田头，她下工了，再带着我回家。

记得春天，妈妈会先在田头沟边拔一把茅针，然后我坐在田头，可以剥半天，安静地等妈妈下工带我回家。那段时光，对我，是最幸福的记忆。

有次，妈妈突然叫我回家拿个东西。我就担心这期间妈妈会转到别的田里，然后我再找不到她。存着这份担忧，我便飞一样的往家奔去，拿了东西又飞一样往回赶，一边奔跑，一边大哭。走到田边，一看到妈妈还在，这才放了心。妈妈见我哭得如此，奇怪地问，"丫头，你哭什么？"我不好意思说出我是因为担心，只好傻笑。

其实，我这种担心看不见妈妈的心理，后来从有关心理学书籍中得知，缘于我婴幼儿时落下的阴影。

当我还在摇篮里时，因为，爸妈都要下田干活，而且，不仅是白天，早上还要上早工，晚上还要开夜工，没人照看我啊，只好关在黑洞洞的家里。每次妈妈要走时，我便哇哇大哭。妈妈后来说，她哪次不是几次回头，最后只好狠狠心关上门，眼泪汩汩地流着去上工。而被关在家中的我，经常一个人哭闹，小脚在摇车里乱蹬。结果，垫的稻草把脚跟皮都磨破了。年少时，我脚后跟就结着厚厚的老茧，我爸妈说，就是小时候踢摇车里的稻草踢出来的。

到我能站了，有时就用一张方凳，倒过来，让我站里面，相当于被拦住了。这样，爸妈上工期间，我就一个人，站在凳子里，被关家里站半天。就像孙悟空用金箍棒给唐僧师徒画一个圈一样，但唐僧他们比我幸运，他们可以坐着，而我是站着的。后来，我会爬了，走了，为防止我从方凳里出来跑丢了。爸妈就让我坐饭桌旁的凳子上，再用一根带子，一头扣在我的腰间，一头扣在桌子脚上，把我系在了家中。

这样地系在家里，差点送了我的小命。

一次，北边邻居家的嬷嬷（方言，叔母之意）刚生了宝宝在家坐月子。听我哭啊哭啊怎么没声音了呢？过来一看，原来我哭着挣扎着从凳子上滑了下来，原先扣在腰部的带子也滑到了脖子处，我就被吊在桌脚上，快没气了。

所以，现在我回去，老人们还常说起这段历史。因此，邻居嬷嬷可是我的救命恩人啊。有时我妈妈就对我说，你回来时，也要带点东西（礼物）送给嬷嬷，不是她，早就没你了。

八十岁老人上大棚

城里人现在都羡慕田园生活，可是，农村里的活又脏又苦。

我爸妈八十多岁的人，每天早晨来不及吃早饭，就到田里采摘农产品。然后，我爸驮到外面去卖。

一个八十岁的老人，顶着满头如雪的白发，开着装满农作物的电动三轮车，饿着肚子去到好远的地方，这场景有那么一点拷问我们灵魂的感受。

这次回家，遇上他们上大棚，这震撼，真的颇觉壮观。

前些日子，大棚的钢管已经都插到田里，我不知道两个老人怎么有力气把这重活儿完成的。钢管下方的田也耕均匀了，他们又哪来的力气把这大量的细活做好的。

当然，上大棚是请了邻居来帮忙的，也都是六七十岁的人了。但他们比我爸妈年纪轻，所以，常常还议论，认为我爸妈"心大"，看不破，让我们劝劝爸妈，"哪做的动啊！"他们感叹。不知道他们自己也花白头发，早不是壮年人了。

长长一弯田的大棚，那头先把薄膜拉上钢架，固定好。这头两个人死劲地拉。薄膜像一条白龙似的被拉上钢棚顶端。

再从一头开始，将薄膜向钢架的两边理平下来。我爸就一边跪着，用双腿压住薄膜边缘，一边用绳子把整面薄膜网得牢固结实，最后一截绳子则系到钢管上。

大棚上好后，趁热打铁，又把青椒苗移植到大棚里。我爸妈蹲着，每移植完·排青椒苗就向后退几步，再接着移植。长长的一弯田移植完，腰就累得直不起来了。他们总是一边敲打着腰，一边慢慢地站起身。

忙完了这些，然后才捞到吃饭。

其实，不仅八十岁的老人上大棚，让人唏嘘感叹。农村里其它的农活，也没哪样是轻松的。

我表姐大清早开始摘青椒去卖，一上午摘了七百多斤，卖了500多元，挺开心的。可是，因为长期弯腰低头，眼泡都肿得鼓鼓的，好像长了一对青蛙眼。不知情的，还以为她是哭过的。

这才叫"谁知盘中餐，粒粒皆辛苦"。

看着这些情景，我就想，让孩子们死读书，不如让孩子们到田地去体验一下，估计关于那些纸上东西的理解就透彻了，有深刻的感觉了，也大概一辈子都不会忘记了。

现在都把年轻人引到了城里，不少孩子过着舒适悠闲的日子，却把农村的田园给荒芜了。也让孩子们丢了勤劳朴实的优良习性。

我大概就是因为长期生活在城里，所以，养成了懒散等一大堆城里病。最强烈的症状便是常常胡思瞎想，会作些闲得无聊的感叹和无病呻吟的闲气。

农村人整天忙忙碌碌，干活累了，倒头就睡，根本不可能生出那些活像神经病的各种坏情绪。所有的矫情，所有的怨恨，所有的苦恼，所有的不快，在劳动中，都将没有存在的时间和空间。

我想抱抱你

　　每年五月的第二个星期日是母亲节，今年，我又想起我的妈妈。

　　我想起了一次回老家时的一个画面。妈妈走在前面，我跟在后面慢慢地走着。妈妈腰背驼得厉害，走路时，一弯一弯的。这个一弯一弯的身影，大概不足一米高。可是，就是这个一弯一弯地走着的佝偻身影，年轻时可是一米六六的秀丽女子啊。

　　是怎么就一日一日弯了下去的呢？

　　走在这个一弯一弯的背影身后，我忽然想到，我曾在她肚子里呆了十个月，婴儿时我曾在她的怀里吮吸奶水。想到此，一股复杂的情感在心头涌动，我突然想去抱一抱这个一弯一弯的身子。

　　可是，我终究没好意思这样做。都说中国人不善于表达感情。确是这样。鲜有见到长大的孩子去拥抱自己的父母的。

　　想想从小到大，我还一次都没抱过我妈妈。不要说抱了，青春期时我还曾忤逆过妈妈。记得高考失败那年，一位考上的同学来我家玩，触动了我的伤心处。然后，记不清妈妈对我说了什么，我竟然生气地冲了妈妈几句。至今，妈妈当时沉默的神情犹在眼前，想来真是愧悔。

如果能够重回年轻时代，我一定懂得，对谁撒气，都不要对这世上最爱自己的人——父母，不尊不重。

近日，重读季羡林先生的《母与子》一文，几度泪下。

季羡林先生与母亲天人永隔的悲痛之情，让我想到做儿女千万不能等"子欲养而亲不待"才追悔莫及。想到我的妈妈，我真的陪她太少太少。外地上学。外地工作。现在妈妈这么大岁数了，我依然没有守在她身边。

文中那位"嘴瘪了进去"，见着季先生就"絮絮地扯不断拉不断仿佛念咒似的"说起她的儿子来的霜发老母。也深深地扯痛了我的心弦。

往昔我在家时，妈妈宠着我。我生病时，前前后后心忧之，照顾之。这样高龄了，还是只知道惦念着这个孩子，那个孩子。我每次回家她就弓着这个一弯一弯的身子，为我忙前忙后。

对妈妈这个概念，过去感知似乎不深。好像，母女，就是一种关系似的。无疑我和妈妈是有感情的，可是，这种感情，我从来没有真切的触摸过。

读了季先生的《母与子》，突然意识到，妈妈，意味着有这个人，我才有来处；意味着，有这个人，我才得以无忧地长大。意味着，有这个人，我才少经风雨地生活着。

一想到那一弯一弯的佝偻的身影，想到爸妈双双都已是耄耋老人，我恨不得立即飞回老家，回到爸妈身边。虽然因为不习惯，我还是做不到去抱一下自己的父母，可我愿能陪伴在他们身旁！

母亲节，祈愿爸妈安康，幸福久久！

为了家人，请守护好你自己

清晨，微阴的天光，空气好清新，忍不住深深地呼吸，心扉遂渐次被打开。

撒开脚，向前面田野跑去。极目楚天阔，一片七彩秋色在身旁绵延，令人心旷神怡。

下田地劳动的农人，热情地聊着天，笑声伴着雾霭荡漾。

走到路口，遇上妈妈，手里拎着一只小篮子，内是新鲜出锅的豆腐、百页。比我不知早起多时的人竟关切地问我：怎起这么早！

于是，与妈妈一道转回家，玉米糁子煮的粥，就着凉拌豆腐一起吃。清鲜爽口，满嘴萦绕香美滋味。

爸妈日渐老了，想着念着多回家看看。可是，他们竟不同意，说路不好走！

每次我来或回，都会让爸妈满心担忧。

回家前是千叮咛，万嘱咐："下雪不要回，下雨不要回，有大风不要回！"返回时则是千叮咛，万嘱咐："路上慢慢开，到家了，打个电话回来！"

有几次忘记及时报平安，结果，平时舍不得电话费的爸妈，电话却追了过来："到家了吗？""到家就好！"

常常说："你们安全第一，好好的就行，不用回家看我们！"

这次回家，见我累得说话都似没啥力气，妈妈便又三番五次跟我说："你少想些事，把工作做好，不要学这样，做那样，搞得睡不好，白天没精力！"

她八十岁的老人家，还是把我当小孩，一点儿也放不下心啦。

联想到我的脾性，真觉得对不住爸妈对我的殷殷牵挂与关心啊。

时常就会有不愉快的心境，比如因了某人一句不中听的话，某个心愿未能实现，一些羞惭的事情……其实，这些都是心理脆弱的表现，人一路走来，没有什么过不去的。

相比于爸妈对我的关爱，这些琐碎的事又怎么值得去挂在心头呢！更不该装在头脑里反复拿来反刍、放大。

也有的时候，会为了面子、荣誉、攀比，而激烈地去打拼，比如熬夜。发肤受之父母，不知惜爱，实在是大不孝啊！

还有，既然父母这么关爱我，我也应该把这份关爱传递给我的孩子。为了孩子，也应该照顾好自己的心情和身体健康。

一个不能照顾好自己的人，又怎么能照顾好家人、孩子！一个不能照顾好家人、孩子的人，是一个不健全、不值得尊重、应当受到鄙视的人！

以后，当遇到不开心的时候，要告诉自己，这不重要，无须耿耿于怀！当遇到似乎跨不过去的坎时，告诉自己，没什么大不了的，绕过去，赶紧向前吧，前方有的是无数的好风景！

为了你的父母，为了你的孩子，请千千万万记着：照顾好自己！

最幸福的对话

岁月静好，与子偕老。从少年，到白头，执手相安，走过一生。

今天，中秋节。

晨醒。窗外鸟鸣声声。

听到一阵对话，越听越觉得是世上最幸福的对话。

"你去买点口条。"妈妈在吩咐。

"就是猪舌头吗？"爸爸问。

"嗯。"

"那东西有什么好吃的？"

"哎哟，叫你买你就去买。他们都回来了，老大今天也回来。"

"天阴阴的，不晓得可会下得雨来？"爸爸不知咋把话题转到天气上了。

"你别着急呀！"这算是安慰吧。前阵子久不下雨，作物都渴的要死，把农人心里焦的。

"还说三天有雨，不知可会有？"爸爸继续他的疑问。

"三天总会有一天有的！"安慰也在继续。

"你去买点豆腐、茶干。"妈妈又把话题转到买吃的上了。

"还要买什么？"

"看看再买点蛤子。"

"哦，就是花蛤吧？"

这时高时低的声音，这一应一答的对话，基本上是妈妈发"指示"，爸爸去"落实"。

有时也会声高起来，基本上是爸爸提出不同意见时，立即又被妈妈给"打压"下去。

这是两位八十岁的老人，早晨起来前，坐在床上的一段对话。

发生这段对话时，他们在东房，我在西房，中间隔个堂屋。二哥三弟两家住在后面的屋里，而大哥一家正准备回来。

这样的对话，我从小听到大，听到老。

这样的对话，一般晚上也有一场。内容多为总结当天，"计划"明天。也或者就东说两句，西拉两句。

晚上，对话结束，熄灯，休息，寂无声。早晨，对话结束，起床，新的一天开始。

老了的时候，还能像两位老人这样一早一晚地对话，是多么幸福的事。

所谓"执子之手，与子偕老"，就是这样子的吧。

永远的宝贝

年年此时，路边景色同。它既见证了岁月安好，也带走了宝贵的光阴。

当爸爸妈妈年事已高，心里的隐忧便也如杂草一样乱长。因此，周末假日，便尽可能回家，陪陪爸爸妈妈。

每当此时，我便以为自己是个大人，是个孝顺的儿女，而到了家后，又会发现，其实自己回到了孩子时光，这个时候，也是自己最幸福的时候。

在家，每一时都能感受到温馨，自己也变得开朗明亮。我爸妈八十岁开外的人，依然身体好，思维敏捷，我真要双手合十由衷地对天地默念：谢谢！在家，还能享受爸妈对我的关心，可以与爸爸愉快地交流，吃到妈妈灶前灶后忙碌着烧的饭菜。谢谢！

白天的时候，爸爸、妈妈在老屋里剥玉米棒，谈笑风生，这场景让我觉得多幸福啊！虽然说的是时事，没讲什么道理，却让人感觉敞亮，心情飞扬，不似平日容易隐没在烦恼与不快乐之中。

为什么和爸爸妈妈在一起的时光，自然心下就安定了就欢乐了呢？

在家时，爸爸妈妈越发地把我当"宝宝"宠爱了，我也要剥玉米棒时他们竟然不肯，我开玩笑说，"是不是怕弄疼了我的小嫩手啊"，爸妈竟然齐声回应道："嗯！"直让我突然觉得原来我在世上也是重要的，有我爸妈宝贝着啊。接着爸爸又说，你就负责看天，防下雨打湿了场上的玉米。

于是，我就真的厚脸皮地拿一本书，坐旁边一边看，一边不时地参与谈天说地。这样的时光，真是奢侈的享福！又忍不住要在心里由衷地对天地说：谢谢！

这几次回家，妈妈都会下饺子给我吃，因为，这是我喜欢的三大美食之一。同时，还会蒸一锅晾干了，用食物袋子装上，由我带回。妈妈最知我爱，又何其细心，每每让我倍觉幸福满盈。

临出发时，又发现此前摘下由我带回的青玉米棒，不知何时，也挑拣得整整齐齐码成一堆。一见之下，心为之一动。大概是我午睡时妈妈弄的吧。剔去虫蛀的，留下漂亮的，又剥去外面的一层苞衣，留下里面一两层"衬衣"，以便存放得久些。根部的蒂全部切去，一个个被修饰过的棒头更美观诱人了。

无论我几岁，在爸妈的眼里，永远是孩子，而这世上，只要爸妈在，我就永远是被人宠爱着的宝贝！

有一首美国老歌，名叫《不要带走我的阳光》，此时正与我心相合。我心祈愿：时光永驻这一刻！

陪父母的感觉

随着年纪渐增，每逢放假，便多会回老家看父母，他的父母，我的父母，轮流着去看望。

这个元旦，又照例是这样安排。然，当此时，忽然对于陪伴父母的感觉，浮漾上心头，种种滋味，不同年岁，那都是不一样的。

二十岁的时候，是不陪父母的，这个时候，最想摆脱的大概就是父母了，一心要拥抱外面的世界，而父母似乎成了自己的绊脚石，怎么着都让自己觉得烦得很，因此，表现出的都是抵制、厌恶、嫌弃、冷淡，爱理不睬。

三十岁的时候，和父母开始近一些了，但此时，自己成了个大人，父母似乎成了自己要教育的对象，容易怪父母这样不对，那样不行，颐指气使，把父母教育得一愣一愣的，世界上，对其说话最不客气的对象，一个是自己的爱人，另一个就是自己的父母了。

四十岁渐渐开始与父母和睦相处，觉得父母年纪渐老，常生出"子欲养而亲不待"的担忧来。这个时候，对父母更多的是和颜悦色，也会耐着性子听父母唠叨，有些话也开始与父母能够交心了。

而到了五十岁，父母则越来越像孩子，自己终于开始有了大人的样子，照顾起父母来。父母亦是老态龙钟，行动迟缓，这个时候，反倒希望多听父母说说，可是，老人已经不能再说你什么了。尤其是，看到父母日盛一日地急遽地衰老下去，叹息生命匆匆的同时，会忽然意识到，原来自己也会老的，于是，年轻时的所有的意气用事，发现是多么不值得。

所以，如果生命可以重来一次，那么，每一刻，我都要平和地与这个世界共处。小时做个快乐的少年，中年做个不厌不嗔对什么都心怀清欢恬适的人，而进入老年后，依然淡淡地享受生活，用欣赏的眼光去看待这世上的一切。

需要钱吗？我们给你

周末我们回家看老人。老人是真老了，八十岁已出头，再不看，人生还能看几回。有点残酷，可是，现实往往便是这样。

但老人精神不错，还忙大棚呢！那活儿，城里的年轻人去试试，一天都干不下来。可老人拼劲可足了，四季搭大棚，长经济作物，挣两钱。

工作中，曾遇见过那四五十岁的人诉求：年纪大了，什么事都干不了，希望帮助解决困难。说实在的，我有些不以为意，心想：你这叫年纪大了？我爸妈八十岁了，还长大棚，可不曾向谁抱怨年纪大了呢！他们的儿女个个收入都还可以，也从不见他们指望孩子们来养着。

我就是觉得我爸妈这一代人，过去吃了许多的苦，然后养成了一种精神：凡事自力更生，相信只要自己肯拼，想要的一切终会有。

我工作中也常有丧气息劲，与人攀比，得失计较的时候，但一想到我爸妈一把年纪，还热火朝天在田间劳作时，就觉得，有什么值得抱怨的，还有自己劲都没使足，就敢指望实现所有的心愿了？

于是，继续埋头向前进发。这时都会觉得，就是努力的过程，也是一种对人生的丰厚回报。

虽然，老人一年四季，忙得热气腾腾，但，他们十指上刨的俩钱真的不易。成本高，各种农产品，在菜市场上价格可能不菲，可农人卖时价钱低得可怜。不但如此，还常常是打白条，有的最终也拿不到钱呢。

就这样，老人一卖到点钱就攒起来存银行。嗯，一万元一年定期利息有二百元，就这点，又乐呵的别提多高兴了。

然后，不但不向儿女伸手，还反过来，要支持儿女。这不，就曾几次问我："你要不要用钱，我们有，可以给你！"

我听得也高兴，心想，爸妈有钱开心，好事儿啊。但我同时也知道，他们那点钱，实在是毛毛雨。于是，笑笑说，"不要啊，你们苦的钱，自己花，买好吃的、好穿的。"

爸妈就说了，"我们能穿多少，吃多少，你们买房子，孩子上学，要花钱的地方多了，不够，你们说，我们有！"

这不，这回，爸又问我了。"你要不要钱用，有个一万二的存折到期了，你们要我就不去转存了。"

我和先生异口同声说："我们不要！"

嗨，谁好意思要他们两位老人的钱！爸爸见我们实在不肯要，就拟去镇上转存。妈妈说，"碰巧孩子们在家，就让孩子送你去吧。这大热天，你就别开三轮车了。"

我知道，妈妈是不放心爸爸。素日里，爸常开三轮车到收购点上去卖农产品。有时不吃早饭就去了，又一路打听，哪儿收价高，就往哪儿去，一去就是半天。这八十岁的人啦，要是有个头晕眼花的，那还得了。不要说妈妈担心了，就是我们想想也觉着是件可怕的事儿。

但老人总是豪气地说："没事！"

当然，这回爸爸没怎么坚持，就让我们开车送他到镇上。我接过存单见上面是妈妈的名字，便笑着说："妈，存的你的名字，你认得这字吗？"妈妈憨憨地笑了。爸爸则爽朗地笑着说："家中存折全是你妈的名字！"

可惜，当我们车子开到镇上时，周末银行不开门。看来，还得爸爸以后开三轮车自己来办了。

孩子要回来了

1

春节临近了，人们开始大扫除、置办年货。空气里飘荡着年的味道，弥漫着吉祥而忙碌的气息。

孩子们陆陆续续开始放寒假了。

有孩子在外读书的熟人遇见了，头一句话便是：你家孩子回来了没？

多数父母因为孩子将要到家而期待着、兴奋着、谈论着、准备着。

可怜中国父母心，一丝一缕都牵系在孩子身上！

2

早在两周前，她一家就为儿子回来做准备了。她妈妈买回八只鸡，腌制"酱汁凤鸡",天天拿到太阳下去晒,因为她儿子喜欢吃这个。

她这几天把家收拾了又收拾,要给儿子整理一个清爽有条理的家。因为,她儿子以前曾说,"老妈,我家干净是很干净,就是东西到处堆的,家像仓库了。"她今早发了一条微信给儿子:"家里都收拾好了,老妈绝对不会让你再住'仓库'了。"

3

前两天,下班路上与她相遇,闲聊开,她兴奋地说,丫头这两天就回来了,准备了许多吃的。

丫头特别喜欢吃面食,为此,她爸练就一手好功夫,堪称"面点王"。在厨房里,擀面,切面,笼蒸,油炸,叮叮当当,乒乒乓乓,一个早上,那点面粉,能弄出十多个花样来。

4

她家儿子要回来了,她特意上网查菜谱。

她常常慨叹,儿子在校天天吃垃圾食物,回来也就这个把月,再忙也要烧点清淡的给他吃。

可是,烧饭做菜绝不是简单的活儿,简直就是"大师"级的技艺,好么!

隔天不翻个花样,任谁都会腻的。因此,每天得变戏法似的,把不同的菜端上餐桌。可是,真伤脑筋啊,到菜场,转着,转着,就不知道买啥了。

5

孩子大了，他们有自己的生活。父母可表达爱的方式，是越发地有限了，所能做的，也就是在他们放假在家时，营造一个好的生活环境，在饮食上动点心思。

6

谁说一饭一饮不是爱，不是有养料的爱呢？

也有人说，中国的父母溺爱着孩子，把孩子都宠得不成人，往往推崇外国人怎么培养孩子独立，自信，有素养。

可是，纵使一个民族，个个都很能干，但缺了浓浓亲情的滋养，是不是总觉得少了点烟火之味和为人的意趣呢？

一代又一代，把这种"溺爱"接续下去，岂非一种美好的文化传承？血脉里都珍存了这份温馨的记忆，是不是生活得更踏实和有底气了呢？

你宠我长大，我陪你变老

周末回老家，看望二老。

说是看望二老，其实更多得到呵护与释放的是我们。

到得家，老人无比热情和开心，让你有种特别被看重，倍受欢迎的感觉，首先这心里就生出无限欢喜来。

然后，老人会忙着去买菜烧饭，我们只在家中晃悠，看看电视，顶多在一旁陪着老人说两句话。丰盛的一桌菜做好了，老人还一个劲地让我尝尝这个，吃吃那个。

最让我开心的是，每次回家，老人知道我爱吃锅巴，必有一大碗黄灿灿的放在我面前。每次都让我吃个满心欢畅，也是回到自己的小家后，常常怀想的。

这次回老家，恰逢西边一户人家老人过世，据说，八十岁的老人是自己投河自尽的，原因是四个儿子轮流养老人，但每家都不给好脸色，老人心生绝望，走了此路。

听了，实在不能理解。过去，物质条件那么差，两位老人可以养育四个儿子，现在，经济条件都不错了，怎么四个儿子就养不了一个老娘呢！

我们在家时，父母待我们无比的纵容，我们觉得都被纵的不像样子，同时，也觉得无比的和乐，在这种情况下，等有天老人要我们照顾了，说不给好脸色，我觉得不太可能。

诚然，在一起，难免有个声高语低，不可能做到天天欢天喜地，笑容灿烂，但不至于让老人觉得生无可恋吧！

记得，我们临近返回前，老人坐在厨房里，静静地择韭菜、大蒜、菠菜和香菜，极仔细、极耐心地。见我进来，便说："都择干净了由你们带走。"

老人对子女这般用心！当有天老人老得不能行、不能动，而子女照顾没有耐心时，就想想这场景吧。

羊知跪乳之恩，鸦有反哺之义。作为儿女辈，有条件孝顺老人，也是一种福气。你宠我长大，我陪你变老，也是一种人间温馨。

第二辑　孩子的爱——青春的香气

转弯看见星光闪

朋友是位中学老师，她和我谈起她儿子的一些往事，让我明白，有些孩子青春期会有一时的迷糊，沉湎于学习之外的事项。遇到这种情况怎么办？别急，看看我这位老师朋友是怎么应付熊孩子的。

儿子高考前就已经玩游戏着迷，高考后更是一头扎进游戏里，没日没夜在电脑前大呼小叫的。沉浸在游戏中的孩子，父母说什么也不管用，有时候不但没用，反而会挑起矛盾，甚至激化为对立面。为此，我忧心忡忡，一筹莫展。

幸好，一缕"挽救"儿子的曙光乍现——《盐阜大众报》登出广告，要招"巨星晚会"志愿者。年轻人都喜欢追星，这个活动对儿子来说，是个不小的诱惑，应该能将他从电脑游戏中"拔"出来。

回家跟儿子一说，果然，他同意参加。于是，我打电话到报社，遗憾的是，报社说名额已满。这肯定是真的，年轻人对做这件事应该有很大的热情。且正值暑假期间，正是许多大学生放假在家的时候。人满为患是正常的。

但无论如何得让儿子上呀，对于这个绝好的机会，我可不想轻易放弃，对于儿子于游戏外的这昙花一现的热情我岂能错失！于是，我费了一番周折，请朋友帮助，最终如愿把儿子送进了这支志愿者队伍。

　　而最让我高兴的是，儿子也是满怀希望和热情的，这一切，说明我一切的努力都是值得的。

　　儿子去报社培训的那天，我送他过去。培训室里济济一堂。儿子进去后我站在门外等候，看到一个个大学生正走上台前，发表演讲。看到他们精彩的表达，青春洋溢的言行，我再次感受到让儿子走进这样的集体是多么有意义的事。这会为他打开一个世界，让他知道现实的生活比网络游戏更鲜活，更生动，更有趣，更有魅力。

　　去之前，为了提高儿子参加的积极性，我顺着他年轻人特有的喜好鼓舞着他，告诉他将第一时间看见那些大明星，甚至还会有机会跟大明星合影。用这些星光闪闪的诱惑来吊足他的胃口。但第二天的培训差点让儿子泄气。他回来跟我说："就是布置场地，搬椅子，做了一整天的苦力，浑身都累得生疼了。"我告诉他"那些大明星在成名之前都是这样的，有的比这还要枯燥得多、艰苦得多。且明天你就会见到他们的，到时你就知道。"果然，第二天明星彩排，儿子见到了那些在台上风光无限的明星，在台下也是一遍又一遍地单调地练着早已很熟悉的曲目。对儿子是个良好的影响。

　　活动结束后，我将儿子的志愿者服装和志愿者证收起来，这对儿子来说，都是一件有意义的事情，这是儿子第一次参加社会实践活动。后来的事实也证明，儿子参加此次活动收益良多。变得乐观开朗多了，也不再一味地沉迷于网络游戏。这从他愉快地和我谈论参加志愿者的经历及感受中丝丝体现出来。后来我再建议他参加社会实践活动时，他的积极性都很高，由一个只会说"不"的孩子变成了更多地说"好"的孩子。

曾经对儿子的担忧减轻了，我仿佛看到了儿子充满希望和活力的前途。一个小小的机会，就会让孩子改变。在和孩子一起成长的路途上，我们不要为孩子一时的迷失而焦急，因为，一个转弯，我们就会看到满天星星闪光。

一枝世上最美的花

我很喜欢花。看到路边的一朵花，定会惊喜的走上前去，仔细观赏，拍照，回来还会微信里写两句，发到朋友圈。闻听何处有大面积长花，更会常常邀请朋友假日一道去游赏。写文章的时候，描述事态爱拿花来打比方，觉得那一个"花"字落在笔端，便觉得有花影香气扑面而来。

对花如此钟爱，缘于儿子十岁那年我收到的人生中的第一枝花——黄色的康乃馨。那一画面此刻又浮现于我的眼前：儿子满面含笑的小脸，伸到我面前的一枝花，娇嫩的花色，细而劲挺的绿枝，独特的香气……

这枝康乃馨，这枝我心目中世上最美的花，自那以后，一直开在我的心上，开在我的生命里，开在我平凡岁月的每一天中。我的人生，每想起来，也总是如花一般温馨而美丽。

思绪飘回那个春和景明的三月天。

这日中午，我正在家中忙着烧饭。蹬，蹬，蹬，楼梯口传来熟悉的跑步上楼声，是儿子放学回来了。他爸刚打开门，儿子小小的身影便奔了进来，直至我面前，把一枝花高高举起递给我，淡黄色的康乃馨，满面春风地说："妈妈，给你，节日快乐！"我一愣，又明白过来，原来今天是三八节！

儿子给我送花，第一次！感觉很意外，他才三年级，懂什么呀，准是他爸的主意吧。我正这么暗忖。他爸却也和儿子一样兴奋，跟我讲起这花的来历。

原来，他爸接儿子放学，经街市时，儿子立即让他爸停车，他爸还没明白他啥意思，就见他从自行车后座上跳下，直奔路边卖花的摊位而去，买了一枝花，又奔回来，这才告诉他爸，今天是三八节，这枝花要送给妈妈。

"钱从哪儿来的？"我问儿子。儿子仰起小圆脸，一双大眼睛依然因兴奋而特别闪亮。"早晨爸爸给了我 10 元零花钱，这枝花 8 元，我还有 2 元呢。这钱我不会再跟爸爸要的，算在我的账上。"

呵，一本正经的样子！

儿子是怎么想起给我送花的，又怎么知道选了这枝黄色的康乃馨，我后来没有问，儿子现在也一定不记得这回事了。也许他只是听同学或者老师说了，并不是出于什么特别的动机或意义。但是，放在每一位妈妈身上，这样的事件，是不会被忘记的，注定是动人的一幕，会在每一个想起的时刻，脸上便会荡漾开欢心和幸福的笑来的。

那一枝花，浅黄的色，闪烁的光，安详的柔、平和的静，幽幽的香……此刻，又轻轻摇曳着开在我的眼前心底。康乃馨，柔软绵长的祝福！

等我归来的人

姨侄是位年少有为的 IT 男，同时，也是位酷爱写作的文艺男。因此，我的微信公众号缺稿时，便常常向他求援。这日，他发来一篇日记。我读罢，发现日记中还有日记，挺绕的，呵呵，分享如下。

总嫌妈妈烦人，在家转来转去，忙忙碌碌。再说，烧的菜，品种又少，味道又淡。不像在校，周边饭店林立，天南地北的风味，爱吃啥就吃啥，有钱就行。

所以，读大学后，我就不爱回家。大假小假，都懒得回。有时和同学出去旅行，有时打一份工，剩下的时间，与同学网吧里玩游戏，像风一样自由。

但这个五一节，得回去一趟，表姐结婚，这等大喜事儿，绕不过去。

妈妈有记日记的习惯，反正家中两个男人对她那点豆腐账都不感兴趣，所以，她日记本正常就在床头柜上，好似"求看"一般。

从小到大，对妈妈日记不屑一顾的我，在家那日，无意中把妈妈的日记本碰掉到地上，捡起时竟鬼使神差，随手翻了翻，于是，看到了这篇。

　　掰着手指头算日子，还有二十天，还有两周……从你说要五一回家来的那天起，我的心情就开始激动，开始高兴，开始期盼。

　　你像候鸟一样，凭借着大学的风信，飞向了大城市。这个暑假，你说不回来，要在那座城里教学生弹琴。

　　我一方面为你高兴，你有自己的兴趣所在，能够做自己喜欢的事。你开心了，我就开心；你幸福了，我就幸福。同时，在我心里，却也时时升起对你的想念，像一缕云一样，在心头停驻，徘徊。

　　天底下，哪有做妈妈的，不牵挂自己在外的孩子呢？

　　我新买了蚊帐，在你回来时，要给你收拾一个清爽的住处。对了，我现在每天有空就打扫卫生，你若回来，我得保持有个整洁的家，让你居住。

　　今早，我又把沙发套子拆下来洗。我每天要上班，也没精力全放在家务上，就分批分批地做吧，等你回来的那天，应该都能逐步做好的。

　　你说，你在家将是一周左右的时间。我该如何安排这个时间呢？真希望每天都能让你感觉有意义，让你感到心里踏实，让你觉得家里满是温馨。

　　吃的，你喜欢的牛排，不知道菜场上，那个专卖蒙古大草原牛制品的门市还在不在。你不在家时，我们从来不可能买的，太贵了，哪里舍得。但，你喜欢，我们就买得起。

　　对了，餐前水果，都要准备什么呢？你在学校时，都只吃外卖。虽然味道好，却油腻不健康。回来了，我们要尽量给你吃上清淡的饭菜。苹果、梨子，你陆同学的妈妈都给他切着小块，我也想要那样。

　　米饭，要买点好米回来，煮香香的饭，让你胃口大开。

或许太溺爱你了，可我们的父母过去也是这么对我们的。中国就这传统，一代延续一代。吃得好，现在是有条件的；为你忙碌，现在也是有条件的；可是，让你体谅我们的不容易，我目前还没有办法。你已经长大，我只希望，你以后能以我们对你的心，去对待你的爱人、孩子，那样，我也就感到欣慰了！如果有一天，你也能反哺我们，那我们就更幸福了。

你有熬夜的坏习性，从小到大。我担心，这会影响你的健康。现在年轻看不出来，只怕将来危害健康。但愿不会发生！千万不要发生！如果，你现在能渐渐渐地，遵循自然规律，调整自己的作息时间，日出而作，日落而息，那该多好，那我就要谢谢你了。可是，你总是说，现在怎么可能，宿舍灯都亮着，大家都在玩电脑、手机，哪有早睡的。唉，我也真急啊，真希望教育部门规定学生，晚上十一点必须睡觉。

合上日记本，心脏好像被小小地敲打了下，竟生出点羞愧来。

妈妈爱我的心，细密如缝衣的针脚，织进了她全部生活的空间。而我这个孩子，却一心要挣开她的束缚，跳出她的世界。

以后的假期，大概，还是回家吧。

小关怀

我们往往容易忽略，家人间如涓涓细流般的关怀。而百年人生，恰恰是这些看似寻常的关怀，才构成了其温馨美好的主旋律。

盼望着，盼望着，儿子回来了。等着，等着，儿子到家了。此间，他爸数次发短信，打电话联系，一路追踪儿子的行程。

考虑到儿子到家较晚，征求他的意见，"晚饭就在小区门口的小饭店？"其实，我更想烧点清淡可口的给他吃，但他爸建议在外，"早点吃上，要不，儿子会感到饿的。"

好吧。

晚饭接近尾声时，我用剩下的炒肉丝的汤准备泡饭，那滋味美，下饭。这时，他父子俩已经吃好，在等我。儿子突然说：嗳，你别再吃了！

我立即放下筷子。因为，我明白儿子的意思，他这是在关心我，怕我吃多了，发胖；怕我摄入过多的"佐料"，不利健康。他爸爸接下来的在外吃出"三高"的感慨也证明了我的理解。

是啊，从上次早晨让我别吃两只鸡蛋，到这顿饭让我不要多吃，儿子在一饭一汤上给我关心，怎不叫我激动在心！

"谁言寸草心，报得三春晖"，过去是说一片慈母心，如今，一个儿子对母亲的心，又何尝不是如此！虽然是细小的举止，却藏着儿子的深爱，浓浓的反哺之意。

不正是一代一代人之间的这种小关怀，这种寓于细微的大爱，赋予了生命以幸福的意义吗！

风中的短信

六月如画。可是，一场突如其来的变故，瞬间，让天地易色。23日，阜宁，苏北一座小县城，忽遭龙卷风、冰雹严重灾害袭击。

中央电视台、地方电视台连篇累牍在报道。微信群里，铺天盖地，也都在发布前线实况。

我的熟人中，有在医疗、公安工作的，他们在第一时间，奔赴灾区参与救援，间隙，不忘通过微信发图片及文字介绍，一来慰藉在后方的人，不至于过度担忧；二来，也是动员后方的人，竭尽所能，用各自的方式，共同投入"一方有难，八方援助"的洪流中。

我的两位有心理咨询师资质的朋友，便在一腔热血和善良的召唤下，最先申请加入了救助活动小分队，奔赴前方，奉献一份力所能及的力量。并且发来微信，征询我是否可以一起前往。

我非常感动于她们心怀大义，不惧危难，紧急关头，能陪伴在受难人的身边。虽然，我实因工作缘故，不能与她们一样，身在一线，但我亦受她们的感召，心系那些不幸的人，为他们祈祷，愿灾害能够降低再降低；伤痛，能够小些再小些！

在这样的时刻，能够感动，能够热血沸腾，能够有义举，那人的灵魂才是苏醒着的！

这天，在刷屏的阜宁灾情信息当中，有一条特别的信息，在下午时跳入我的眼帘，也让我心头一震："今天不要出去了，风好像往市区刮了！"是我家在读大学的儿子发来的。

他一贯不多和我们交流，平常我们发给他的微信也绝少回。却在这当口，发来这么一句，对我们表示挂怀与关心，还真让我心狠狠地激动了下。

在生死攸关之际，人与人之间的关切之情就清晰地浮现出来了。同类相惜，亲人相顾，这是亘古以来人性中最闪亮的光辉。

对于儿子，我源自母亲的本能，只考虑付出，望他安好，并不图一丝回报。但他若能从懂得尊重、关心父母及他人中获得幸福感，那我又更多一份欣慰了！

这个特殊的时刻，媒体、熟人、朋友、儿子传来的信息，这些风中的信息，汇聚成世上最强的祝福：愿所有的不幸从此都远离，愿所有的安好从此都一生相随！

风，过去了，这个世界，依然，美丽如画！

小隔间的乐队

2014 年 5 月，搭搭南京校园摇滚音乐节隆重举行，三十几支乐队大比拼，争冠大赛如火如荼。这其中一支叫"小隔间"的乐队，呼之欲出。小黑，南京晓庄学院大二学生，便是这支乐队的主吉他手。

一个学计算机专业的大学生，非音乐科班出生，也非来自音乐世家，却建起一支乐队，为青春时光更添一抹亮彩。这一切，缘起于一场"学着玩"的培训。

小黑同学还是有艺术细胞的。从小在音乐、绘画、雕塑上有天分。幼儿园时画的水彩画十分形象传神，捏橡皮泥塑个形状物件惟妙惟肖。可惜的是，他的父母，普通的工薪阶层，不懂得发现他的才能并加以培养，以至于这点星星之光，在庸常的河流中淹没了。

小学二年级的时候，小黑父母曾送他参加二胡培训班。才刚刚学了几节课，就很快拉得像模像样，被老师夸了。可是，在爷爷面前显摆时，不懂"好孩子都是夸出来的"爷爷，说他拉得像"杀老鼠的"，他学习的信心和兴趣顿时归零，后来再不肯去上课了。

高考后的暑假，一下子从高压学习中"解放"出来的他，陪同学去报名参加吉他培训班，顺便也给自己报了个名。没想到这一无心插柳之举，却让他的音乐细胞复苏了。

　　已经长大的他，不再像年少时那样，外界是否认可已干扰不了他的决定。这回吉他学习，不仅持续了下来，而且，那刻苦的劲儿，还满感人的呢。

　　初时的几节课，每次回来，他都一遍又一遍地反复练习。尽管手指头上弹得起了水泡，也不稍歇。后来，老师要出去旅游，原定的十二节课，才只上了六节，他就在这一半课的基础上，坚持练习不辍。进了大学后，他加入吉他社团，拜学长为师，继续深造弹奏的技艺。寒假回来，又主动找老师，一心要补上未上的课。同时，还购买书、光盘、网上课件，千方百计，要学出点"样儿"来。

　　小黑的妈妈记得，那段时间，一个又一个的白天黑夜，一组组单调的音符，一曲曲不圆润的旋律，从小黑的房间里传送出来，飘荡在深夜里，在风中，在雨里，在雪中……

　　再返校不久，他便组建起一支乐队，把单个儿玩，变成了与同学一起共同切磋学习。

　　这过程中，各种困难和阻力，小黑还真没少遇。

　　在哪里练琴是个难题。学校的音乐楼是要交费的，在宿舍又怕影响同学。但他们很快找到了一块宝地，一处夹在楼与楼之间的设备房，他们称之为"小隔间"，乐队便以此命名。那以后，夏天战酷热、蚊虫，冬天抗严寒，在恶劣的环境里，为了让一支支乐曲被优美地演绎，3名男孩2名女孩，真是拼了。

　　反对之声也是不绝于耳呀。先是要好的小伙伴，不止一次对他说："黑哥，别练了，没劲，一起玩'英雄联盟'吧"。好心的亲戚也说："靠这个可没饭吃！"他爸爸担心了，跟他讲："你的专业很好，别荒废了，爸爸同事的女儿学的这专业，在外企工作，工资可高了！"

团队也不是那么好带的。今天这个闹情绪，明天那个忽然不想干了。得会做工作，把大家的积极性调动出来。还要教大家如何处理好学习与参加演出的关系。这个，小黑曾与她的妈妈交流过。

因此，起初，小黑的妈妈是支持小黑的。一来她对孩子将来的人生走向，倾向于尊重孩子的选择。二来认为，搞音乐，未必是坏事儿，这当中，儿子的能力得到了锻炼。可是，在一片哗声中，她也犹豫了，担忧了。于是，倒向了反对的"大军"。

小黑成了孤立的一员。可是，他仍执著地领着他的乐队，活跃在大学校园青春的舞台上。参加搭搭校园音乐节只是他"燃情"表演的其中一场，后来，他还参加了大学生自办的音乐节，自办了本校吉他社团二十年演唱会。而专业学习也顺利毕业，并且，考上了研究生。

小黑同学，用自己的行动宣言了：走自己的路，让青春最绚烂地绽放。

带病练琴的小子

每朵花的绽放，都是在无数默默的积蓄之后；时光不会辜负每一个平静努力的人。

——题记

大三寒假。

儿子连续几日感冒，发烧，咳嗽，比较重了。前两天挂了水，这日虽然没继续挂水，但咳嗽仍然厉害得很。

"夜里咳嗽得睡不着。"白天，儿子对我说道。其实，我知道的，夜里听见了。咳嗽声连续不断，且是一种好像嗓子破了的声音。听得我心里格外地难受。

关键在这种情况下，儿子还得去学驾驶。每天到离家很远的驾校那里去练习。早晨6点左右就起床，早饭也来不及吃，就要赶往那儿。然后，要到晚上6点左右才能回到家。

"冻死了。"经常听儿子这么说。"一站半天，在大风里头。"驾校在郊区外偏远的乡下，靠近海边的一个农村里开辟出来的很大一块荒地，空山荒野，这冬天腊月的，那里的风就格外地猛烈了。

因为同期学驾驶的人多，一天下来，一人也就轮流上车开个一两次。其余时候就都站在空地里等。这个现象，学过驾驶的人，应该都曾感受过，领教过。

这日恰逢周六，我有时间，就接送儿子。倒是让他享受了一回早到家，大概下午五点左右。儿子到家后就上床睡了。累的、病的，他是撑不住了。

此间，儿子仍不停地咳嗽，估计，他并没有睡着。我在心疼的同时，却更意外接着发生的一件事——晚饭时间后，儿子却起来了。

我先是疑惑，继而明白了。"起来弹吉他？""嗯！"果然，儿子心心念念的是，一天没有捞到练吉他了！

儿子上大学后，受了点小挫折。发现所学专业，不感兴趣，又转科不成。曾一度想放弃学业，转而去找家培训中心，学自己喜欢的专业。可是，传统观念的我和他爸，强烈反对，因此，儿子很困惑，为难，就这么迷惘着，一直蹉跎到大三，然后，他考虑既把现专业学结束，同时，争取到国外去读研。

自从方向明确了，我发现儿子好像一下子成熟了，尤其是变得开朗了。过去曾对我们"拒绝任何思想交流"的人，现在有时会主动与我们聊一些事情，不时，也会开心地笑。今日，回来的路上，还让我带他去看我们新订的房子，并就当前房市行情和我聊了不少。

儿子开始有担当意识了！这吉他无一日不练。也许并不一定是出于爱好，而是，他考虑到花一大笔钱买的吉他，如不用心练习，也对不起这份付出。更且，决定做一件事，就得坚持到底吧！

我还有个发现，儿子把我的一个小本子用起来了。是什么呢？上面记了密密麻麻的单词。他已经开始学英语了，迈开了出国的脚步。

悠扬的吉他声从隔壁房间传送过来。

这世上，我最牵挂的就是儿子了，我不指望他有多大出息，只盼着他一生安好，生活幸福！看到他自己从低迷困惑的状态中走出，变得有责任心，奋发上进，苦练吉他，用心学习，和天下所有过度关注孩子的妈妈一样，我的内心不由充满了感恩和欣慰。

青春的香气

炎炎夏日，儿子踏上赴海外求学之路，先上的语言学校，至于研究生就读于哪一所学院，还是个未知数。

这其实是我们的心病。儿子一个人不远千万里，飞去异国他乡，前程未卜，悬而未定，怎么能不叫人忧心忡忡呢？

儿子很体贴。在国外，难免开销大，他生怕给我们增添了负担，到那边不久就打起一份工。他一边学习，一边辛苦工作，实在也是让我们揪心的事情。

儿子学习很用功，上午在语言学校上课，下午去打工，晚上则在宿舍学习英语到很晚。奔波于学校、打工的公司和宿舍之间，每趟要乘坐近一个小时的车，每趟还得攀爬半小时的山坡路。辛苦程度，可想而知。

功夫倒也不负有心人，儿子很快通过了英语考试。又参加一所高校研究生入学面试，且一试而中。

这本来是让我们欣慰的一件事，心终于稍稍安定些了，儿子从此安身有所，学习有地。读研之愿，不再漂浮于半空。我们终可以略略放心些了吧。

正当我们把这一喜讯向亲朋好友说起，传递出我们的安心和高兴之时，这日晚上，儿子却告诉我们，他已经和学院的教授说了，决定不上他们的学校。

我们都很震惊，为啥要这么做，这不是自断求学后路吗？就不能等到明年3月份再说吗？

我们有个在该国的熟人，他过去也是高校教授，现在退休多年，就一直做介绍学生去该国求学的工作。他这次给儿子推荐了六所学校，让儿子报考，考上后选择最好的一所就读。

儿子现在考上的这所学校是这位教授让作为保底的学校报考的。11月24日，该校开展入学面试，而别的学校的面试，则要等到明年3月份。

"虽然教授让我把这所学校作为保底，可学校并不知晓，这样，我就得长时间占着人家一个名额，到时候如不去，学校的名额就作废了，别的想读的同学也失去了一个机会！"

儿子这么一解释，我们明白了，他不想让学校蒙在鼓里，他也不想浪费了别的孩子可以获得这个名额的机会。

虽然有些失落，并且又将重启担心之旅，但转念一想，儿子这么做，除了体现了他想选择更理想的学校外，同时，不是更体现了他人品中那诚实的光芒吗？

儿子还告诉我们，他又报了英语考试，想把成绩再提高些，因为越好的学校对英语的要求也越高。可见，他希望能上到更好的学校的决心是强烈的。

上进、勤奋、又诚信的孩子，虽隔着万里重洋，我们却闻到了你青春年华的香气，父母之心呀，亦欣慰！

一个字的幸福

那年，新年里上班的第一天，我便收到一个惊喜的礼物。

这日上午九时，忽然收到儿子的一条微信："今天去东京了，在等新干线。"

一时懵了，这什么意思？怎么突然上东京了？没听他提起过呀。于是，发两字一问号："是去？"

竟然回一"嗯"。这又是表示什么意思呢？我想要知道的是为什么要去东京，去干什么呀。于是，补发三字过去，"干嘛呢？"

回一"啊"加问号，又回一"啊"加问号。

难道此前他跟我们说了，我们没注意吗？头脑中搜索着记忆。可是，近日好像没有啊。

记得儿子曾说，申请面试是三月份，那是很久以前说的了，现在才一月份，应该不是这事儿，那为什么要去呢？

"儿子的号被盗了？"头脑中忽然冒出这个怀疑，"接下来该说是到东京办事要花钱了吧？"

这时，儿子又回一字"玩"。

忽然悟到，对了，日本此刻相当于大年初二，儿子应该正在享受假期和了解日本的新年风俗。

于是，释然，回复道："好，安好快乐！"

这段微信引发的疑问和误会，其实是有历史原因的。

儿子从来不主动与我们联系，除非是要花钱了，或者需要什么东西，或是要我们去办什么事情，至于学习、出行、生活，他可一个字也没向我们说起过。

每次视频都是我们先打给他，他也总是听我们说，应答着"嗯"，"嗯"，"嗯"……好像世上只剩下这一个字了。

问他什么总是一两个字就把我们打发了，最常追问的"你有没有什么要和爸妈说的"，他也从来就两字"没有。"简洁到家！

更有甚者，一次，我参加留学生家长会，发一些图片告诉他情况，结果，没发三张图，他就给回了一个"。"来。

此前也曾出现过这种情况，一个"。"，或者一个"……"都没明白是啥意思，还以为是他发错了，可是，这回，知道了，是让我就此"打住、结束、以下可省了……"之意。

他这把标点符号也用得太活了吧。

此刻，转念想到，儿子竟然主动告诉我们他的行踪，还真是破天荒啊，这算不算一个令人惊喜的礼物呢？

小子，你胖了啊

最美人间四月天，我们送儿子去往樱花盛开的国度。

离登机还有一个小时，儿子该去办相关手续了。

怎么要这么早进去呢？我恋恋不舍。多想再一家三口，在 2 号航站楼内，就这么一起走着。

"还要安检，还要关检。"先生答我。他的意思，儿子进去后，办手续要一段时间。

无奈！千里相送，终有一别。儿子向安检门走去，我和先生在后面默默看着。

临进门，儿子转过身，抬起右手，扬了一下，转身进去了。我一下子觉得，周围的世界空了。

回程。开着车。我和先生，不时感受到，车内，儿子不在，不止只是冷清了，还有，那在身边的安然、欢笑、说话……怎一个空荡荡的感觉在萦绕。

想起宴请朋友时，席间，一位好友说起我对儿子关心的那些往事。

当时桌上听的人，无不动容。其实，天底下的母亲都一样，孩子，永远是世上最重要的人，比自己更重要千百倍的人！

我们做妈妈的，要好好的，也要越来越优秀，为了孩子。所以，我给儿子微不足道的关爱，但我更感谢，是儿子让我变得越来越强大了。

世上，就连最弱小的草，也懂得要抓住点滴机会，吸取营养，沐浴阳光，完成开花、结籽、生命的传唱，何况万物中最了不起的人呢？

儿子这次回来，我发现他明显地胖了，这因他现在住在学校附近、又不用爬山坡的缘故吧。

想去年，儿子真是辛苦啊！每天要坐一个多小时的电车赶到学校上课，然后又坐一小时的电车赶去打工，再每次回到住处时，还得走半小时的上坡路。

因为房子在山上。

那时，舍不得儿子吃苦。现在想来，这经历，带给他许多收获。体验了电车，欣赏沿途风物人情，爬山也锻炼了身体。生长在平原地区的人，也体验了一把住在山区的感觉。所以，儿子那时身体不可能发胖，但精神是很丰富的，不是吗？

那样的经历已成过往，现在，希望空出的时间，他又有新的体验和踏上另一段丰富的旅程。愿他始终生活得充实且充满热情。祝他收获意义，收获阳光，人生幸福长安！

向前走吧，我的队友们

这个故事，是我儿子讲的。

1

"这里是吉他社团吗？"

"报名先填表，社团费五十元。"

"老维吉他社"，名字真土，虽然心里这么想着，我还是填了表，交了费。

这样稍稍减轻了高三暑假，一时心血来潮，花二百元买把吉他，结果却让它在墙角落灰的罪恶感。

大概是受了各种影视作品的影响，以为玩乐队就是喝喝茶，聊聊天，然后还能跟队内妹子谈个恋爱，浪漫又很酷的事儿。

直到遇见了其他四个跟我抱着同样想法的抠脚大汉。然后，这样的梦幻碎了一地。

"哥们，玩队么？"

鉴于我有把二百元的吉他，当然就成了主音吉他手。

2

我和我的小伙伴们在教学楼占了一间小教室作为排练房，没有专业的吉他音箱，贝斯音箱，也没有一支像样的人声麦。

鼓声像敲击木锅盖。

所有乐器都接进一块调音台出声。就跟老黑白电视机一样，一应器械有时需踢两脚才运行。

万事从艰难开始。渐渐地排练出了第一首勉强算完整的歌，有了第一场观众不怎么多的演出，和每天恒定的排练完后的宵夜老干妈炒饭。

现在想想，也许那个时候最开心吧。

然后隔壁正在上课的哥们天天投诉我们。

3

时间很快来到了第二年，因为隔壁哥们的投诉，我和我的小伙伴们被迫转移到了四楼一更小的教室。

经过一年的洗礼，我也终于从 QQ 音乐三巨头的统治下走了出来。知道了地球对面的枪花，涅槃，METALLICA。知道了东边点的 One Ok Rock，Spyair 和国内一些不错的乐队跟音乐人等等。

乐队迎来了成长最快的一年，技术在不断上升，设备也在一天天地更新。演出也从下面只有些稀稀落落的吃爆米花观众，到了渐渐能够见到举起的双手和听到呼喊的声音，每天的努力一点点地看见了回报。

然而我坚持认为让一群朋克莫西干小伙子或者一帮自认为文艺的女

青年摇滚起他们的头颅并不能说明任何问题，我的终极目标在于楼下的保安大叔和食堂的打饭大妈，这是摇滚的真谛所在。

梦想蓝图中失算的部分是，楼下是一堆考研教室，我们依然天天被投诉。

4

第三年在小伙伴们的死缠烂打穷追不舍永不言弃的舔鞋底精神下，学校终于妥协了，在音乐楼给安排了一间排练房，设备条件虽说不算最好，但用于轰炸一栋楼来说足够了。

可是，随着时间的推移，乐队内部却产生了些浮躁，随之而来的争吵也是经常发生。现场直播大致如下：

我："主唱，你咋不管清嗓黑嗓极端嗓都有股咸菜味儿呢，民歌出身也不能这样啊！"

主唱："不可能，我刚吃过老干妈炒饭，已经中和过了，没有咸菜味，你看节奏吉他多菜！"

节奏吉他："我能有什么办法啊，我只是个在买凉面的路上被拉过来扫弦的啊，我也很绝望啊。"

贝斯："……"

鼓手："咚次打次，咚次打次……哎，几遍来着？"

画面可能有些简单粗暴又极端，但人员变动也往往就因为这些或无聊或无奈的理由。总之有人离开了，故事走向了不好的方向，整支队伍陷入了停滞。

这一年，我甚至有些怀念以前的那些投诉。

5

四年时间很快，我看看周围的风景，跟自己初来时并无两样。四年前因为一个近似胡闹的理由开始的乐队生活，却带来了对我来说最宝贵的东西。

一起走到最后的队友们，也有没能走到最后的朋友们。

虽然想被更多的人知道，被更多的人记住，让更多的人喜欢我们的演出和音乐，听到我们的故事，但，要到说再见的时候了。

最后的毕业演出，在把体内的心情和力量全部清空之后，我的乐队就结束了。

但我坚信有些东西却一定不会结束。

于是，我心底轻声说道："能够遇见你们，做着这么傻瓜又乱来的事，真是太好了。"

向前走吧，我的队友们。

青春的最后一曲

　　终于来到南京，看一次儿子的音乐会。大学四年，儿子参与或举办专场音乐会若干场，但每当我们提出要看他演出，他都不同意。有次，我们来时，他恰好有音乐会，我们通过他同学打听到地点，准备悄悄去，结果也被他匆匆赶来，拦在了出发的宾馆门外。

　　这是他的乐队的最后一次演出了，随着大学毕业，他的队友也将奔赴各方，云散天涯，因此，这一场演出，是毕业演出，也是"散伙"演出。

　　音乐会设在南大金陵学院的操场上，我们向门卫打听，请同学指路，向操场走去。近了，音乐声传来。因这场音乐会晚上六点开始，此时，天色还大亮。马路上走过一群一群的大学生，基本上是从食堂出来或准备出校门活动的。所以，我一路走，一路心中不免暗暗担忧：会有人来看音乐会吗？

　　一进操场，哈，人不少呢。以女大学生居多，都坐在绿草坪上。

　　儿子眼尖，看见我们，赶紧从舞台处奔过来招呼。为了方便拍照，我打算往前面靠近，结果，儿子告诉我们要在人群的最后面，他说激动的时候人潮会往前涌，很危险的。

不会吧？大学生会有这样的狂热？我将信将疑。

人越来越多，半小时左右，到演出开始时，人数已是我们刚进来时的两倍有余。主持的小伙子吆喝一声："大家都站起来吧，听音乐哪有坐着的！"大学生们便呼啦啦全站了起来，并向舞台蜂拥去。人头攒动，我们在后面，根本看不到台上的人。

灯光、音乐，学生们手中的荧光棒，舞动成一片声、光、影的海洋。到底是摇滚，才开场，全场气氛便开始直线飙升，沸腾开来。又都是充满活力和激情的大学生，很快，台上台下，热情迸发，音乐声、歌声、呼喊声，震天响成一片……连老气横秋的我们，也被现场的热烈所感染，不由挥动手中的荧光棒，跟着激动地呐喊。

台上的表演者，也完全沉浸在音乐的激烈里，摆着头，扯开嗓子，甩掉上衣，激烈地弹奏吉他，狂热地演绎着青春的活力和梦想。

我今天突然意识到，所谓的青春，也即终止于大学生涯吧。一旦走出大学校园，也就告别了青春。

想想人生弹指一挥间啊，还记儿子婴幼时，转眼他都即将不再青春了。试想，这么匆促的美好时光，如果不珍惜，那人生该有多么悲催？而青春时期，如果不激情拼搏，那人生又该多么平淡寡味？没有闪过光的人生，又岂不令人总感觉有丝丝遗憾。

就连我也深悔，没有努力抓住时光，过着盲目的人生，许多好时光都被白白地浪费了。往者已逝，来者可追。任何时候，我们都别忘了提醒自己，不要虚掷了光阴。

这是儿子的告别演出，是他的青春的最后一曲，为他的青春画上了句号，为一段岁月画上了句号，也希望能为迷惘与惰性画上句号，走上更勤奋、更充满斗志的人生之路。

回想儿子大学期间，当过外送快餐的小哥，又拉起乐队进行商业演出，接下来还将为进一步的求学而拼搏。他为每个时期的兴趣、每个阶段的梦想而全力出击。也许不会收获硕果，但努力的过程可以饱满人生，砥砺前行的生命才最精彩，始终奋斗的小子就是超级帅气，是吧？

第三辑　亲友之爱——遇见你真好

写满关爱的录取通知书

　　路边紫薇花盛开的时候，是又一个高考录取的季节。这常令我回想起我经历的高考那几年。

　　那时，考上大学，实在不易，我前后考了三年。一生蹉跎考前老，羞于重提。但伴随那一波三折的三年光阴，有些人，有些事，却一直萦绕在心头。

　　少年不识愁滋味，高中三年，我一个劲地疯玩，浑然不觉美好的时光一天天从指缝间溜走。到高考揭榜，考上与考不上，悲喜两重天，"羞惭"二字，才开始在心里悄然发芽。

　　父母让我到外市表哥所在的学校复读。于是，那年九月的一天，父亲和我，一人一辆自行车，骑向漫漫复读路。

　　一百好几十里的路呀，我很快筋疲力尽，而父亲却像一头"老黄牛"，一直不紧不慢地一脚一脚地蹬着车。一路上，还不停地给我鼓劲。我们天蒙蒙亮出发，太阳落山时才到。后来我身子骨又累又疼，几天都没复原过来。而那时已年过半百的父亲，却在第二天的大清早，就又拖上我的自行车，一个人骑了回去。

荒废三年的学习，不是一下子就能补上的。复读的第一年，我再度折翅考场。

这时，一个考上的同学来家玩。在她面前我显出高兴的样子，背过身去，却更伤心。和母亲说话时便没了好声气，甚至出语不逊。母亲淡淡地说："你不用气，早晚也会考上的。"现在想来，我少不知事，而母亲却默默地包容了一切。

无奈，我开始了第二年的复读。

当时我住表哥家，一应生活起居，都是表嫂照顾。那时我除了读书，两耳不闻窗外事。饭罢碗一推，换下的衣服洗衣机里一丢……复读三年，从未见表嫂有过怨言，记忆里她总是温和地笑着的。现在我常想，换了我，都做不到那样。

积重难返，第二年，又失败了。伤心，羞愧，睡在家里，我再不肯去复读。大哥就站在床前，耐心劝慰了我大半天。那情形，至今还历历在目。

这时，表哥也来信，劝我再读一年。于是，第三次，我踏上了复读之路。

这回，表哥安排上年与我同复习、学习好的陈同学与我同桌。但一个月后，她却意外地被一所农校录取。喜极之余，她把身边所有的钱都留给我，鼓励我安心复读，说在大学里等我。然后，熟悉复读生活的她，每一次考试前，都会给我写信，鼓励我，提醒注意点。最后的高考，我也是揣着她的来信走向考场的。

这最后一次考试，我又出了个漏子。政治考试到交卷时，才猛然发现最后两道论述题竟没看到，整整24分呀！懵了，又完了！回到家，把行李重重地掷在地上。高考期间一直照顾我的大哥，见状默默不发一言。后来他说："看你那样子，就知道又没考好。"现在想来，我这么任性，让大哥跟着担了多少心！

那是一个蝉噪林逾静的中午，我在家里老远就听到大哥喜悦的声音从门外大路上传来："爸，妈，妹妹考上了！"爸妈闻声从田里回来了。接过分数纸条，爸爸拿起算盘，把分数加了一遍又一遍。

我终于考上了！当接到高校录取通知的那一刻，爸爸骑车的身影、表嫂温和的笑容、大哥劝说的情形、妈妈沉默的面庞、同学陈的一封封来信……一一浮现于眼前。这一纸通知书啊，写满了多少人的关爱！

人生许多坎，是因为有了亲友的关爱，才迈过的；人生的许多梦，是因为有了亲友的关爱，才得以成真的！人生，正因有了亲友的关爱，才美丽如盛开的一簇簇紫薇花！

有一种浪费叫幸福

喜庆尚浓的正月天。

上午，弟媳突然打来电话，问晚上是否有空。原来，侄女及我儿子不久要返校，他们想今晚再聚一下。本来儿子已经约了和同学一起吃晚饭，听说后，也答应晚上参加。

很幸运，弟弟一家和我们同在一个城市，相距不是太远。古语讲：远亲不如近邻。是因为亲戚住得远了，不甚联络，有什么大事小情的一时又帮衬不上，因此，反倒生分了。但我们姐弟两家住的近，彼此联系密切，相互有个照应，这亲情便一直浓浓地滋养着我们。

每次，儿子放假回来，哪怕三两天，弟弟听说了，都会安排请他撮一顿。久而久之，儿子对他这个舅舅和舅妈的感情也是越来越亲越来越深。

这一点，弟弟做得比我好。我不善于向亲朋好友表达感情，从来不主动请客。先生的哥哥一家也与我们同城，我们之间就很少往来。一年难得聚上一两次，无事从不联系，因此，关系就显得有点疏离。不能不说我显得不重视亲情了。

一份亲情，会给人带来愉悦和可依赖的安心，会让生活在冬天变得暖、夏天变得沁凉。如果没有亲情，生命中便缺少了一份精彩和厚度。

因为，今天是大年初五，各家饭店几乎都爆满。后来，我们定在弟弟家附近的一家新开的店，名叫"我家的酸菜鱼"，属于火锅店。原先，这处也是一家火锅店，叫做"老员外骨头汤馆"。

进得饭店，内部装修一新，一扇扇高至屋顶的仿古红木镂空格子屏风，把大厅分出数十个小隔间来，比过去更显豪华和热闹。不过，饭店都是这样子的，刚开始，各领风骚，顾客盈门，生意红火，久了，则渐渐变得冷清，然后，换了人家。世事都是这样，此消彼长，兴衰轮替。

弟弟预订的包厢，在最里边，六人座位。鱼是现抓现称量现杀。烧好端上来放桌上的底座上。一只硕大的白色瓷盆，装得满满当当。最上面一层如雪的鱼片浮于浓汤上面，再下面是宽粉皮及酸菜和一些作料。看上去很新鲜诱人。尝一口，确实如此。现切开的鲜柠檬片把汁液挤滴到汤里，更添嫩滑酸爽和柠檬的香气，别是美味难描述。整个大厅里，每个包间都坐满了客人，一桌桌热气腾腾，人语喧哗，吃得很欢。

鱼吃得差不多时，开始打开电磁炉，添汤并加热。陆续放入各色蔬菜、豆制品以及一些小荤菜，边烧边吃起传统的火锅来。

然而，吃火锅有个不足，越吃胃口越大，总觉没有吃饱，或者当时饱了，可一会子又饿了。所以，回家后，儿子说："又不饱又浪费时间。"并非言过其实。

当然，这样的浪费时间，是人生中幸福的浪费。一年中必须有那么几次。这种浪费，让我们的精神生活更充实，情感世界更温馨。

像我们这个年龄的，过去一般每个家庭都有兄弟姐妹四五个，因此，人生有人相伴相照着一起走，而现在的孩子，因为是独生子女，就显得孤单落寞了些。虽然，可以与同学朋友聚会，但总觉得少了点血浓于水的感觉。

感谢生逢兄弟姐妹成群的年代，感谢这份不可替代的亲情！亲情恒久远，任岁月变迁不改其亲！

两根油条

　　周末，喜欢到小区西门一家店吃早餐，不为那家早餐店有什么特色，只因仅有它一家有油条。一碗豆浆，两根油条，慢慢地享用，美好的一天，就从这份愉悦的早餐开始。

　　人都说，油条好吃，可不宜多吃。至于原因，油炸食品，众所周知了。可是，我却仍一个劲地想着吃油条。平日上班时间紧，吃不成，这周末，即使一个人，也一定是要去吃的。

　　对油条如此情有独钟，每每总觉得美味无限，纵然不属于健康饮食也心甘情愿地去吃，不是因为嘴馋，而是缘于中学时的一份幸福的记忆。

　　高二时，我转学到大哥任教的学校。虽说大哥是老师，我是学生，其实，这老师也仅比学生大了三岁。

　　每天早晨，我到大哥宿舍吃早饭。一大早，大哥就到附近的小镇上去买回四根油条，一人两根，然后，大哥再到学校食堂打回两份白米粥。一顿早餐便美美地开吃了。

　　当时大哥宿舍有一位男同事，他有位表妹也在那儿吃饭。受我哥的影响，他们兄妹俩的一天也是从两根油条一碗白米粥开始的。不知他们现在还记得否。

那时，我家经济困难。兄妹四个读书，种田为生的父母供养不起。然后便大带小，小靠大，这么着度过上学时光。我从高中起的学习、生活费用就是大哥负责的。而我弟弟，则是二哥负责的。

我们出生的时代是幸运的，一家总有兄弟姐妹四五个，小时候从不孤单，一生中也从不会孤单，因为，一直有兄弟姐妹相互陪伴，相互关心。

两根油条，承载了家人的关心，帮助。日后，每每想起，便觉得是暖暖的回忆。工作、生活，便注入了满满的元气和能量。而大哥那时对我的关怀和付出，他大概都已经不记得了吧。

而如今的独生子女，除了父母，还有谁，也会给他们的早餐备上两根油条呢？

祝每一位同学都幸福

今天，是大年初四，在旺年之首，我们幸福联中八四、八五届的同学怀着无比激动的心情，在这片我们出生成长的地方相聚。

时光荏苒，日月如梭，我们这群当年的青涩少年，一转眼相别已经三十余载，在这阔别多年的岁月里，我们曾无数次在记忆中回到当年，又曾经无数次希望有朝一日能够相聚，共话那些美好的时光，重回那些纯真的年代。

今日，在同学组委会和同学们的努力下，我们终得欢聚，与我们敬爱的老师在一起，与星散在各地的同学言笑一堂。怎不感慨万千，怎不激动万分。在这里，我们首先要向在座的老师以及所有给我们任教过的老师们致敬，并道一声"尊敬的老师，谢谢你们的培养，你们辛苦了！"其次，向我们相别多年的同学们说一声："感谢我们曾经同学，感谢我们今天为情谊而来，谢谢！"

我们这批同学，不同于高中同学，大学同学。我们比高中同学情更深，比大学同学义更长。我们当中，不少同学是发小，一个村里长大。

不少同学从小学同学到初中，少则三年，多则八年之久，试问，一生中，几人能得如此，一起这样走过童年，走过少年，走向青春！

人生中，最无忧的时光，是我们一起度过。人生中，最单纯的时光，是我们一起度过。人生中，最懵懂的时光，是我们一起度过。人生中，最青涩的时光，是我们一起度过。什么是恰同学少年？我们便是！

我们当中，有过一起嬉闹的欢乐。我们当中，有过相帮相助的无邪。我们当中，有过一起探奇的冒险。我们当中，也有过情窦初开的朦胧。多少年少无猜的故事，织就我们绚烂如锦的少年天空。人生中最美好的时光，是我们这群同学一起度过。

分别的这三十多年，大家奋斗在天涯各方。相信每个人的经历都各有精彩，也各有自己曾经的负重。如今，有的功成名就，有的平平淡淡，都值得深深的敬意和真诚的祝贺。同学无贵贱，能够过得开心快乐，便是生活的赢家，皆可佩戴成功的勋章。

我们相信，三十多年的念想，时常缭绕在每一个同学的脑海中。今日的相聚，看似寻常，细思又想，岂能寻常？实不寻常！我们携着三十多年的光阴，揣着各自丰富的人生经历，相聚在这里，这得要多大的缘，多深的念，多切的想！我们激动的情怀，我们难抑的欢颜，我们花白的发，都在见证这半世再聚的奇迹。

"若教解语应倾国，任是无情亦动人。"当此，我们载着昔年同窗的依恋之情，载着别后三十余载的想念之情，载着一睹同学今日风采的迫切之情，载着共赴未来的殷殷期盼之情，汇聚成今日万千情义的波澜壮阔。

举杯之际，言笑晏晏之间。我们倾情同忆昔年同学时光，畅叙各自走过的长路，共祝我们美好的明天。从今以后，我们彼此更相知，心连得更紧密，路更要一起走。从今以后，愿大家多珍重，相互帮，同努力，让我们未来的每一天，都更加灿烂欢乐。千言万语，汇成一句：祝福每一位同学都人生幸福！

轮椅背后的老人

一天大雨，下得特猛。这天阴了好久了，大概一月有余。中午回家，为避雨，开的车。雨刮器很劲地刮着。

转进小区里，突然，透过朦胧模糊的车窗玻璃，前方，迎面一幅熟悉的图景撞入眼帘——

一辆黑色轮椅，一把撑开的绛红色的伞。伞的下面，轮椅背后，两位老人扶着轮椅，缓慢地向前推着……

前面的是位老爹爹，后面的是位老奶奶，双双看上去七十来岁的样子。如果细看，会发现，老奶奶扶着轮椅是向前推的，在老奶奶"怀里"的老爹爹则是扶着轮椅被带动着向前挪的。

这画面，映入我的眼中若干回了。春夏秋冬，四季轮回，晴天雨日，未曾间断。一日复一日，两位老人这样走着，老奶奶推着，老爹爹费力地挪移着……一直这样走着，没有变化，已经有两三年了吧。

变化的是，轮椅前行的速度比最初我看到的快些了，老爹爹的腿挪动得略显灵活些了。

每次遇见两位老人这么走着，迎面而来，慢慢向背后远去。或者，我从后面上来，看到他们在前面走着，然后又落到我后面。我都会忍不住地看着，看着，再回头看。内心有感动的潮水不知不觉地涌起。

　　老爹爹或者是中风了，或者是什么情况导致双腿不能正常走动。老奶奶就这么扶着，帮着，让老爹爹恢复着……

　　这两位老人是少年夫妻老来伴吗？或者，老奶奶只是雇来的？我不得而知，每次从他们身边经过，都没有捞到询问。但看那么默契，那份细心，那份坚持，那份柔韧，我想，他们应该是前种身份关系吧。（整理此文时，已确证是老两口）

　　老爹爹或许是不幸的，发生了这样的变故。而老爹爹又是幸运的，因为，身边有老奶奶日日不弃的相伴和扶持！这画面，传递给我的，是温馨和幸福的信息！

神秘的女孩

单位招录了三名新人，其中有一个女孩有一点特别，初时没有觉得，等这么看她时，是在听说了一些事情之后。

女孩二十五六岁样，叫吕雨点。圆脸，皮肤特别白，眼睛特别大。性格似乎特开朗。时不时听到她快乐的歌声从走廊那边传过来，有时甚至是从办公室传过来。这在气氛严肃的机关里是极少见的。

以前也有位在此挂职的男青年，也喜欢唱歌，但碰到我们会不好意思地笑笑自嘲："呵呵，走廊歌星"。吕雨点就不这么羞怯了，遇着了，她也大大方方的。

自从她来报到上班，便见每天她是她那办公室最后一个下班的，在把办公室打扫得干干净净后才离开。每天早晨又见她是最先来的，打水并先把每个人的茶杯里倒上开水。

偶尔到她办公室去办事，会看到她电脑周边贴了一溜的苹果形状的彩色便签，近前一看，上面写着诸如：我喜欢今天的事！下午 4 点送文件至某某单位……哈，不觉把我逗笑了。

勤快的女孩，大家都喜欢。不过，同时，看她这么努力表现，也不免猜测"这女孩大概要强，'野心'不小吧"。后来的一件事，让我发现，似乎不是这回事。

一天，人事部一位同事告诉我，吕雨点的母亲是一位上市公司的老总。乍听之下，我十分吃惊，觉得难以置信。这女孩身上一点豪门千金的做派也没有！

这以后的一天中午，下班回家时正好与吕雨点同路，我便打探她母亲公司的名称。没想到她竟对我含糊其辞，"我也说不清楚。"大概怕我再追问下去，紧接着又补充道："我妈从来不和我谈她公司的事，我们家就和所有普通家庭一样！"

一下子封住了我的嘴！她避而不谈，我反倒越发觉得这女孩充满神秘感。

想起她在单位的一举一动，"富二代"的不良习气一丝不见。她每天衣着简单大方，并不奢华。工作勤快，为人谦逊。见到同事都热情地打招呼。有职务的叫着"主任好、处长好、书记好！"，没职务的便"某哥好，某姐好！"

不只是表现在这些外在的素养方面，一次无意中与她闲聊，发现她在家中还是一个安静的文艺女孩。这与她在单位的活泼判若两人了。

这个年龄的女孩，应该谈谈恋爱，约约会，或与小姐妹们一起在外疯。可是，她不是，她基本上一下班就宅在家中，常做两件事，看书，画画。我这才知道，原来她是美术专业的科班生。

随着对她的了解越多，越发现这女孩行为好像挺分裂。一个人这样子，往往背后有故事。但无论曾经遭遇过什么，没有被苦恼淹没，相反，安心地走着自己的路，那身影，我觉得有如一道美丽的风景线，赏心悦目。

小而美的生活无处不在

1

一天从早晨开始,早晨从餐桌开始。

先生出差,孩子在外读书。一个人的早餐很好弄,半只绿茄子,切成薄片,用砂锅煮面条,盛到碗里,上面撒上些先前备好的小红花生、蒜泥末,再浇上一点白酱油,滴上三两滴小磨麻油。

是不是感觉到了,色、香、味俱全哦!

记得二月河的《乾隆大帝》中,有一节,讲了这么一段事:时年15岁,尚未做皇帝的嘉庆出巡山东,遇上村姑,给煮一碗打卤面,上撒一层绿绿的蒜花。嘉庆吃着好一番感叹:似这样的味道不知胜过宫中山珍海味多少倍啊。并且,还因了这打卤面,爱上了那村姑呢。

美味中的佳话,是不?

2

朋友看我文字，说，你过着舒适的生活，写的东西没深意，尽是些花花草草，吟风弄月的闲文章。

嗨，俗话说，人生不如意事常八九，谁没有些难事伤心事。

可是，千真万确，要幸福感多一些，便须主动淡忘烦恼，多念叨好事。如林清玄说的，"常想一二"。

说起苦痛的事儿，昨天无意中翻看过去的日记，一些早被忘却的伤心过往重现眼前，边读边深重的叹息，引得对面的同事几番疑惑地看我。后来，哀伤的情绪久久不散。

真是，如果不是看日记，这些过往不是已经从记忆中消失了吗？这不无事生非自寻虐待吗？

所以说，今天以为的大事，过几年再看，可能根本不是个事儿。今天以为的伤心事，过几年再看可能就是个笑话事。今天以为过不去的坎，过几年再看，什么呀，根本不值一提的小曲折而已！

所以，何妨听风听雨，赏山赏水。至于，被闪电雷鸣击碎窗子的那类事，就不要去多想，去倾诉了。只记美事，美事自然多。

3

清早上班路上，正陶醉在路两旁茂密的树木散发出的清香气息里，突然，边上一人家屋里传来很愤怒的男女对骂声。呀，一定是吵架了。又传来把门啪地关上的巨响，心里都听得一惊。

不由庆幸，幸好吵架的不是我家。

年轻时，啥事儿都爱争吵，非要证明自己是对的。嗨，到最后，只落个两败俱伤。

回头看，真的，什么都不值得争吵。凡事好商量，婉言细语最好。而实在商量不了的，就听一方的吧。

记得看过一篇儿童故事，《老头子都是对的》，事实确是这样。就听另一半的吧，然后两个人笑着过，多好！

总比鸡飞狗跳，然后把亲人过成了冤家、仇人强吧？

有一次，我跟先生正儿八经地说：我们家，只要不是原则的事，谁不讲理就听谁的；我们在外面，只要不是生死之事，谁蛮横就听谁的。

4

每天上班，也有许多收获。

今早，刚到班，一同事主动替我把一件烦心事儿给处理了，让我感动啊。

而此前，我还曾对这位同事抱有成见，以为他跟我过不去，背后有损我的猜疑。

现在看来，是我以小人之心度君子之腹了。

好多时候，事实确实不是我们想像的那样。往往是我们自己狭隘，从而戴着有色眼镜看人，把人看错了，还把自己的心情看坏了。

又，这世上，凡事有什么好计较的。

从农村到城里，能在这么舒适的环境中工作，应该惜福。

至于得失那点小事，嗨，有必要在乎吗？人都是握着两只拳头来到世上，松开掌心远走。

身外之物，值得去多思多想吗？

人活的是个精神，你心里感到安宁，只要岁月无波澜，其实，你便生活在仙山乐土上了。

所以，每天要笑着工作，哪怕能力限制，办不成事，也要笑着说：

做不了啊！

前段时间，看多了要优雅地生活，做个精致的女人的文字，有些被洗脑了。

所谓精致，便是朴素、洁净、从容、淡定。

闲看庭前花开花落，漫随天外云卷云舒。

一餐一饮，一草一木，一人一笑，都充满了禅意和趣味，小而美的生活，无处不在。

探考

　　做一名老师，是世上最幸福的事情。你可以陪伴一批又一批可爱的孩子们，一起度过美好的"葱葱那年"！

——题记

　　我不是老师，却意外地参与了一次对高考学生的探望。每想起此，都觉得无比激动与兴奋。

　　6月8日晚上，突然有闲暇了。想起久未与好友何老师联系，便电话她，打算约她聚一聚。

　　"没空啊，晚上要去看考生！"何是一所中学的老师。

　　我一听，对了，今天是高考第二天啊。不觉对"高考生"心生好奇，兴趣盎然，提出要跟着她去。

　　到了宾馆，哈，好多老师哩！正准备分头去看自己班上的学生。

　　我随便跟了一位姓张的女老师而行。

　　张老师，大概50岁的样子。着一件红色夹克衫，很是精神。

据说，她刚从美国回来，去看留学的女儿的。前后有 20 多天，把美国玩了一圈。

先敲开的是男生的房间。3 个男生正坐在一张床上在打牌，1 个男生坐在一旁看电视。看到老师，很惊喜，叫着"老师！"，打牌的撂下牌，看电视的抓着遥控器，齐刷刷地站了起来。

这让我很觉意外，看得出来，这些学生，对老师很尊重。这让我印象大为改观。也不知道从什么时候起的，我意识中，现在的师生关系比较对立，少有真切的感情。

有学生去把隔壁房间的两个男生也叫了过来。然后，师生闲聊。张老师就跟他们谈在美国的见闻。很随意，很亲切，像朋友一样。男生似乎很感兴趣，很多时候，是其中两个男生追问着把话题越聊越多。

正如张老师闲谈中反复说到的，"我们学习虽然不如有些学校，但其他方面都很不错，聪明着哩！"

这个学校不是一流的中学，但我觉得这些孩子都落落大方。我当时头脑中就不由得暗暗感叹，这些孩子，将来走上社会，必定很"吃得开"。

接着，又随着张老师去看女生。一个房间住 2 名女生，隔壁的 2 名也过来了。看到老师时，也同样地是惊喜地叫着"老师！"。

女生比男生腼腆些，当我说给她们拍照，留下这一特别的时刻时，4 个女生都害羞地转过身去，用手遮挡脸面。呀，很清纯可爱样！

女生们谈的是将来走向社会的话题，问老师，社会关系会不会很复杂？我疑问，女生把进大学就当成是进入社会了吗？

……

没想到，这个晚上的无意之举，却让我收获了特别的意义。见证了这些学生激动人心的一刻。

同时，也感动于师生间的亲切和感情，羡慕老师这个职业。"桃李满天下"，一茬又一茬的孩子，将记得老师相伴着一起度过的青苹果一般的时光。

　　无论是老师和学生，在他们的生命里，都印下了"葱葱那年"的记忆，这是多么美好的际遇啊！

　　如果重新选择职业，我愿做一名老师，然后可以接来送走一批又一批"学习可能不咋样，却可爱的、聪明的"的孩子们！

感恩你给的每一份微笑

早晨，有人在微信群里转一视频，阜宁遭遇冰雹袭击的画面。漫天落下的冰雹，如机关枪扫射出的子弹，落到大片大片的秧田水面上，好像爆豆子一般激起啪啦啪啦的水花。

朋友菲就问了，她准备回老家，是否一起过去？

不用思索，神经跳起，立即回两字：好的！

约好了8点在我家小区东门会合，看看时间只剩下20分钟，抓紧准备出发。这时，忽听手机铃响。原来，住同一小区的朋友晴，看到了群里我们的聊天，也要一起去。

三位四十岁开外的女人，一同上路。

一路上，谈的是阜宁蒙受灾难之事。感叹，天有不测风云，人有旦夕祸福。谁也不知道明天会发生什么，所以，要珍惜当下的时光，努力过好人生的每一刻。

不停地见到一辆又一辆救援车，车牌号显示，来自各地。都满载着救援物资，往阜宁方向急驰而去。又感叹，到底好人多，有道义的人多。

菲说起，她在外地读书的女儿，一听到阜宁遭遇龙卷风和冰雹重大灾害，便第一时间打电话，问道："妈妈好吗？外公外婆好吗？"并于当晚，画了一幅画，《坚强的阜宁人》，以志对家乡遭受灾情的关切。

"我儿子昨天也发来短信，'关照我们不要外出'，说'风好像是要往市区刮！'"我也骄傲地与她们分享了儿子对我们的关心。

于是，一起感叹，不要小看孩子，其实每个孩子都是大人，关键时刻，可以看出有担当。又同感慨：人，还是要经历些大事情的考验，会激发出内心的善良、责任、亲情和勇气等美好的品性。

走近受灾区，只见人家屋瓦被揭去得狼籍一片，一处树林中山碗口那般粗的树成片被拦腰折断倒伏的惨状。不仅悚然于龙卷风的巨大的摧毁力。晴说，那树齐齐地被折断，像割韭菜。

菲与晴两人的老家，都不在这场龙卷风的袭击范围内。但她们还是不放心，要赶回家看看。她们说，灾难发生的那一刻，内心深切地感受到了家人在自己生命里的分量。

晴的一位亲戚家，屋顶被掀掉了，人在医院里，她当天便委托在阜宁的家人去看望并送去千元。而今天回阜宁，她也准备去探望这家亲戚。亲情在她的心头装着，赋予自己力量，也温暖着他人！

菲揣着三级心理咨询师证书，且有一定的心理咨询实践经验，这次也打算能为老家人做点帮助。但个人是进不了灾区的，故此她此前申请参加了一个心理援助志愿队。灾难面前可以看出，每个人的骨子里，有对家乡、对家乡人的深厚的情结。

到得菲的家，问她父母，当时这里可曾受到什么影响。她爸说，看到一股巨大的黑色的风就在前面。我听着，都觉得心下甚惊。

风将从哪里过，谁知道呢？灾难，有时，不就在离自己不远的地方盘旋吗？

而我今天，可以和两位朋友，一起经历一次不同以往的行程。可以在朋友菲的家享受她父母淳朴热情的招待，这是多么幸运的事情！

此间，先生还打来电话，问我到哪里了，进受灾区了吗？是啊，我们还可以如此平静地互致问候，他对我的行程表示关注，这又是多么值得感恩的事！

阜宁之灾让我意识到，安好的岁月里，那些为名利的追逐，为生活小事的计较、抱怨、烦恼，实在是太可笑。

我希望以后能始终记得此刻的感悟，感谢让我及我的家人拥有健康、平安，感谢我拥有的每一份关切、友情！感谢身边的你给我的每一份微笑！

新鲜菱角谁先尝

回乡下老家，中午，一家子正在堂屋里吃饭，忽然听到外面传来舅家大儿子和他 9 岁小女儿的声音。原来，他们采摘了菱角给送来。

我跑到院子里一看，两个白色透明的塑料袋内，装满菱角，有红菱，也有绿色的菱角。红绿相间的两角菱，煞是好看。尖尖的菱角尖，把袋子都戳破了。打开一看，还湿漉漉的，显然是刚从水里现摘了便拿过来的。

小时我的印象中，我们这里有菱角的，但是很少，后来则全不长了。毕竟这里不是水网地区，河流虽然不少，但水养生物和水长植物却不多。近年来，这里人家更是忙蔬菜大棚，根本不搞水产品养殖。

他们今年突发奇想，长了一点菱角，听说我们回来，竟然给我们先摘了送来。据他们讲，摘的时候发现："结的很少，没有，也还没长大。"

农村亲戚，很是淳朴。外地的客人回来，就要表示出热情来，不是送来花生，就是送来青椒。反正他们认为什么稀罕便送来什么，什么新鲜便送来什么。只要听说你回来了，便会来串门，带上两样土特产过来。

这样的民风，让我喜欢，也很感动。在城里，有"好东西"我们都送给谁了呢？有几个送给邻里或者相处无求的朋友了呢？

一点一滴的小幸

日本作家村上春树，发明了"小确幸"一词，意思是小而确实存在的幸福。"小确幸"好说出来，且人们也乐于分享，但生活中，也有许多"大苦痛"，却是说不出来的。

这日中午，我从外面办完事回家，一边走在进小区的路上，一边低头蹙眉想着苦恼的事，那些我总也找不出法子解决的事，真个是如刀架脖子，如烈火焚心，让人愁肠百转，苦不堪言啊。

"请问，百老汇咖啡厅在哪儿？"突然被询问声打断，抬头一看，一位五六十岁的男人，骑跨在电瓶车上，正向我问路呢。车后装着一只较大的纸箱，我想，他大概是去送货的吧。

"哦，沿着人民路向南，左转，路东。"我一边手指着，一边用语言向他解释。

"有多远？"

"大概 100 米，就这栋楼。"

"就这栋楼啊！"他恍然，开颜欢喜起来。"谢谢你啊！"掉转车头

114

走了。

　　我也感觉舒心起来，突然发现刚才的不快一时倒被忘记了。真要感谢这个人，让我因了为他指路而感受到开心。

　　继续向小区深处走，大路转弯处，忽然一辆白色的小车徐徐停在身边，摇下车窗。一个四十岁左右的男人，探头向我："请问，22号楼在哪里啊？"

　　"哦，让我想想，"小区大，里面矗立的楼群多，以区划分，号码又是按照单双号分的，因此比较难辨识。别说外面来的人，就是住在小区十年的我，也常常说不清哪座楼在哪里。

　　眼望楼群，凝神想了想说，"你把车停这里路边，向中间那条小路去找找，应该在那附近。"

　　"谢谢你啊！"那人开心而热情地向我道谢，将车向前方路边开去。

　　我开心的情绪又积累了一份。

　　走到楼下一类似园林的地方，一个熟人正在路边与另一扶着一辆电瓶车的人聊天。"在外吃饭回来的啊？"他向我打招呼。

　　"嗯，你们聊天的啊。"回答他的同时，我觉得他们这么聊天，有一种闲闲的幸福的氛围。

　　"是啊，他是我妹妹小区的熟人，和他说说话的。"他这么说后，我笑着再回道："很好啊！"便继续往家走。心中又漾起一份新的小快乐。

　　走到自家单元，上得楼梯到二楼，一邻居恰好下楼，迎面他向我问好，满脸是灿烂热情亲切的笑容。"你好！才回家？""嗯。"我也笑着回答他。擦肩而过，整个楼梯仿佛都洋溢着欢欣和亲切。

　　生活中的确有许多烦恼，一时无法解决的苦痛。但，只要我们走出户外，或者融身于一些活动中，就会感触到一点一滴的小快乐，从而忘掉那些挥之不去的苦痛，从那些纠缠不清的苦痛的泥潭中拔身而出。

　　下围棋中有一种现象，就是当一个地方走得似乎成死棋时，棋手就会把这地儿暂时放一放，转而在别的重要的、好下的地方去思考，走着走着，形势发生变化，这块原先的"死棋"或许反成击败对手的关键之着。

生活中的各种苦痛也是这样，一时解决不了，就不必纠结于此死缠烂打，要先放一放，我们先在别的地方收集一点一滴的小幸福、小快乐。终有一天，原先的大烦恼、大问题或许也就迎刃而解了。

我叫那些小幸福、小开心、小快乐、小温馨为"小幸"。请记住哦，当生活中遇到一时无法解决的苦痛时，我们不妨先放一放，把心思用于去收集一点一滴的"小幸"上，然后，或许，我们就真的幸福了呢！

被照亮的一段岁月

不知什么原因，现在，很难被感动。但有一段时光，想起来却让人心情变得有些柔软。

去年，我到一个临时机构工作，同事共 6 人，分别来自不同的单位。因为一切新鲜，大家相处融洽，一时工作氛围倒也热闹。

后来，随着工作量的减少，有 4 名同事便陆续回原单位，忙自己的一亩三分地去了。他因年纪最小，被安排在此"蹲守"，而我也因故"留守"。

工作之余，我便看书。久而久之，大概是受我影响，他也不时看起书来，并向我推荐某某书不错，带给我看。

我有点爱书成癖，自己的书从不肯借人，但别人借给我的书，往往能不还就不还。因此，他带给我的书，都一一被我"笑纳"了。他也不好意思跟我索要。

但后来他真送我书了。

曾有段时间，我遇到一些挫折，于是，就试图用看书和写文字帮助自己走出困境。

写多了，便跟风办了个微信公众号，愿望是好的，要把文字与人分享。但是，却不料带来新的烦恼，低阅读率，让我放弃又不甘，坚持又尴尬。于是，有时不免请人帮助转发。

这并非易事，出于各种原因，有不少人就不能帮你这个"忙"。

他知道我的公众号后，一下子帮我转发了好几个群。后来，当然也不方便频繁地转发，但他仍坚持常常写留言，给我以支持和鼓励。

后来，我也回了单位。几个月后的一天，忽然发觉他好像有一阵子没写留言，正纳闷，是不是人走茶凉，他取消关注了？恰在这时他打来电话，说要给我送喜糖。

原来是这样啊！

拎着一只纸袋，他一脸喜气地来到我办公室。我以为纸袋里装着喜糖，打开一看，却原来是两本书。塑封完好，显然新买的。不免又是惊喜又是感动。

他这是第二次给我送书了。

第一次是春节前。当听说我节后将回本单位上班后，有天，他送我一本书，《孤独小说家》，并说："我觉得这书适合你，你也可以把写作坚持下去。"

朴实的话，小小的一本书，在我看书和写文字屡屡不受待见，日渐气馁之时，有如黑暗中的灯盏，闪烁着一片希望的亮光。

又看到他给我的文章写留言了。

谢谢！

也许某天，他对我的支持也终将结束。但这一段时光，无论何时回头望，都有温暖和生动在闪烁！

只来了三名学员的培训班

留学生家长联合会，组织开展各项兴趣小组。一群孩子不在身边的老爸老妈们，热情很高，仿佛迎来了第二青春，纷纷报名参加各个小组，多的一下子报了五六个。

其中诵读组最初有四十余名学员，与其他小组相比算是规模小的。本来每月安排一节课。但是，第一堂课下来，大家被老师的气质谈吐折服，不少人立即申请每月增加一节课。

李老师已经从师范学院退休，但当下正是全民诵读年代，因此，社会上请李老师上课、指导的团体单位很多。李老师大概比退休前更忙了。

这上第一节课时，学员首先就被李老师的气质迷住了。衣饰美丽得体，仪态端庄优雅。而接下来李老师开讲后，平时不把朗读当一回事的人，也立即感知到了它的无尽魅力。

李老师讲话，一言一语，配以对应的表情和姿势，让这课上的，不只是上课了，简直就是在听音乐，赏画作，观美景。学员被李老师带进到一个奇妙的世界中去了。

以后的课，还不时有新学员加进来。而李老师教学的形式也更丰富生动，参与性、互动性很强，诵读、歌唱等手段的应用，让一帮岁数不小的人，都变得好像青春重回似的。而照例，每一堂课，李老师自身的仪表举止，如兰素养，无形中都给学员以美的濡染和享受。学员课后依然会下意识地赞叹，李老师气质真好。有的女学员还会向李老师打听，她的衣裳是订做的还是买的，又问在哪里买的。哈，对李老师的"云想衣裳花想容"简直羡慕到崇拜。

但是，尽管这帮再现第二青春的学员，上课认真积极，还是会暴露出一些这个年龄段特有的缺点来。工作忙碌，或者记性不好。每到上课，往往有事请假。而每次上课吧，需要提醒，否则，就记不得还有这回事了。

想想这帮家长当初管自己的孩子的时候，那都是"军官"一般，丁是丁，卯是卯，严苛得很。轮到自己时，却像个孩子，显得严肃不够，散漫有余。这不，昨天晚上的一堂课，就出现了极尴尬的局面了。

到晚上八点的时候（开课时间是七点），有学员就在群里惊讶发声：今天有课啊？真是冒汗了。不少人忘得一干二净。现场发来的视频图片看，就三个学员坐在教室里，其中两个还是一对夫妻。让人更冒汗的是，就对着这三个学员，李老师按照课程计划，认认真真给他们上着课，而他们三个也学得可认真了。

这让我想起，以往每次有课时，李老师总是先于学员到。调试好教学视频，坐在讲台边静静地等学员。前面说过，她现在可是教课及活动特别多的"大忙人"。然而，走进教室的学员，可能都看到了这一幕。李老师优雅、淡然、安静地在等大家。

愧疚、惋惜、敬佩之情，在学员心里翻腾，在群里弥漫。大家纷纷给李老师点赞。是啊，李老师不仅教给大家诵读的知识，传递给大家美的涵养，更示范给大家一份执著的敬业精神。

有学员感动之下，倡议大家今后踊跃参加培训，勤奋学习、努力工作，用实际行动报答李老师为大家的辛苦付出。此倡议得到了学员的纷纷响应。

桃李不言，下自成蹊。什么是为人师表，李老师给我们这些"学生"作了无声而精准的阐释。

一堂只来了三名学员的培训课，一场生发特殊教育意义的培训课。在我人生中，是没有去上课却受教育深刻的一课。这一节课，烙印在我记忆深处，给我鞭策、给我激励，也给我方向。

"博爱"小区的故事

去北方一地，发现其建筑，风格多为灰瓦白墙，廊檐窄小，像个秃头秃脑的傻汉子，不免感叹不像南方房子那么漂亮。

"这地方恐怕不怎么富裕！"正这么暗自揣想，却已走近一个村子，眼前不由一下子亮了：咦，这里怎么似南方村落呢！

好秀美的一座别墅小区！整个小区面南背北呈"凹"字型。两旁民居，一例二层小楼，清一色红琉璃屋顶。家家门前是一处有着漂亮围墙的院落。夹在南北向并走的两排房子中间的，是水草青青的一方清清池塘。

恍似凡间突然生长出的一处仙境呀！

村口广场上，迎面矗立着一尊不锈钢雕像，造型为一双纤手托起一枚红十字。底座上刻着四个字：博爱小区！

奇特的标志，奇特的名字！为何叫"博爱"呢？

带着这样的疑惑，走进村部。村委会位于小区中央，"凹"字上底端，广场之后，河塘之前。两层楼，欧式风格，也别有风情。进得里面，竟发现在白墙红框的门楣上方，雕塑着大大的红十字会徽图案。

再也按不下心中的奇怪与疑问，于是，向村里人讨教这其中的缘故。

原来，2006 年，该村遭遇一场突如其来的龙卷风。村中 88 户人家不幸被袭，房屋顶部齐刷刷地被掀掉了。灾后，是红十字会捐助，整体重建，才新生了这么一个特别的小区，因此名"博爱"。

原来，这雕像，这会徽，记载着这段特殊的历史，昭示着村里人深深的感恩情结！

有句古话说：大难不死，必有后福。同行中有人感慨，村里这 88 户人家，反倒因祸得福，住的条件、环境都远远优于周边的村子了。

只要挺过了灾难，就会获得更多的福气。今年，阜宁、射阳，那些遭受龙卷风袭击的人家，最后也会是这样子的吧。

当然，祈愿所有善良的人都一生安好，过着幸福的生活，世世代代不为不幸所遇！

幸福的团聚

中秋之夜，家人团聚，浓浓亲情，幸福时光，散记以珍藏！

二哥早晨打电话，流露出想回家，问我三弟什么意见。

他是希望弟弟回来，一起团聚！

联想到上天晚上，二嫂电话中讲，二哥在家嘀咕，好久没见三弟了，有些想小老三。

我把这层意思转达给弟弟及弟媳，他俩听后立即准备回家。这对他们并非易事。要调班，要请假。

还是亲情召唤的力量啊！

于是，今天，我们都到了老家，从不同的城市奔赴而来，到了我们打小生长的地方。

因我和弟弟，要到下午下班后才可以回，所以，到家时，已是晚上9点多。

二哥因上的夜班，早晨确认弟弟决定回家后，再临时决定回来，因此，还得到班上安排一下，这样他下午才得以往老家而来的。

124

当我们到家时，他正在灶上忙活呢！厨房里满屋子热气缭绕。

二哥开车到家要 6 个小时左右，此刻，还在为我们烧饭做菜，我心头不免担忧他会不会太累了

也只有家人才能做到这样，不辞辛苦，夜很深了，还兴高采烈地为你掌勺弄吃的！

最让人惊叹的是我的老妈。她竟也熬夜到 11 点多才收拾上床休息。

农村里，日出而作，日落而息。可她八十岁的老人了，每次我们回家，她都陪我们这些城里的"夜猫子"，很晚才休息。然后，第二天早晨又早早起来，并为我们煮早饭。

她都是因为我们回家，高兴的！

饭后，先生和二哥，还有我，坐在门前宽阔的麦场上聊天。天上一轮月亮，照得乡村的夜晚分外寂静。寥廓的黛青色的天幕，无语地美丽。

二哥说：要下雨了，你看，月亮都戴着"斗篷"。是的，月亮周边一圈棕黄色的光晕。

和家人在一起的幸福感，像绵绵的海浪一般，轻柔地包围着我，无边无际。

惭愧

晨上班，在一楼电梯前等候。这时，一位中年女子，脸上流露出善意的微笑，向我走近。

"你可能不认识我，但我认识你。"

我回以笑，又带着些疑惑看向她。或是经常在电梯处遇到过，所以，面熟，但不确定她是谁。

"你的书，我认真拜读了。"

啊，她这一说，我知道了。前期城管局蔡书记跟我要了两本书，说其中一本是妇联的高主席让她帮着要的。

原来是她。

我感觉很不好意思，觉得写得不好，让人见笑了。

她说，写的真好。看了我的书，发现她们生活得咋那么粗糙。然后又问我是否坚持每天写。

说实在的，其实我的生活也叫一个粗糙。很肤浅。虽然我注意每天坚持写，可是，一方面见识不够广，同时，也缺少思考。写的东西，那是流水账，普通而且很肤浅。

所以，出的第一本书，我现在是再不敢拿出来。

至于现在的写，我真希望能有机会，向那些大家学习，既要学习如何收集素材，也要学习如何提高写作水平。

如果真能发现美好，传递美好，写出众人喜欢、有文采、有思想、有趣味的文字来，那才叫个"坚持的写者"。否则，我不仅不能称为写作者，且更要叫做"文字的玷污者"了。

以文载道，书香薰人，是我的心愿。

一张特别的照片

现在照片不稀奇,手机一举,咔嚓,咔嚓,要多少有多少,要啥样有啥样。

为何我独独要写写这张照片呢?

因为,这照片很特别,关乎我及一群人,承载着不一样的感受、感情、感触。

春节前两个月,我的"书"终于出来了。此前,在高中同学中吹过风,因此,他们就经常问,书出到哪步了,什么时候能送我们啊。

现如今,文学这东西很是边缘化,进入严冬季节,喜欢的人那真是寥若晨星。平时我写着写着,就灰心丧气了。而至于集结成书,则更是羞答答的不敢告人。

可是,同学们热情可不减,一个劲地盯着我要,从节前说到节后。

终于拗不过他们,前两天邮寄一摞书给同学中的"秘书长",让他代为转送各位同学。

自从有了微信群,昔日的同学便都"回家"了一般,大家有事在群里聊,有动态在群里发,热闹得所有人仿佛就在身边眼前一样。

于是，在小家之外，感觉又有了一个"大家"！

这个"家"不仅丰富了我的业余生活，让我吸收到密集资讯，看得到同学们眼下的情况。同时，在群里，还有其他许多许多的获得感。

大家在一起说说笑笑，插科打诨，带来了不少的乐趣。

对往日同学故事寻踪觅迹，则让我们重回青涩的青春时光；对当下生活的关注、关心，则让我们的精神世界洒满阳光，绽放希望。

尤为让人依恋这个"家"的，是同学之间的浓浓情义，如缕缕春风，不时向你吹拂而来，让你从此少了冷清、少了孤单。

我常常觉得，自从有了同学群，好像有什么东西充实了我的生活，让情绪总处于一种淡淡的喜悦之中。到底是什么，我也说不清。总之，让我变得更开心和自信。

是的，少了担忧和对未来的害怕，因为，有人陪你一起在走。自己的小生活，像是顺风的帆船，同时与其他数十只同样顺风的帆船，欢快地并行共进。

每当有什么低落情绪，烦心事体，甚至就是觉得无聊了，就喜欢到群里去看看，那里总能让你安静让你笑、让你放松、让你感觉温馨，或是惊喜。

这不，今晚，当忙完手头事，打开微信群一看：震动了，激动了，感动了！

群里一溜子，传送了不少的照片。都是关于我的书的。原来，今天恰好一位在外地的同学回来。于是，同学们借此机会小聚。"秘书长"把我的书带过去，来了个集中发放仪式。

有个别同学在低头看我书的照片，更多的是同学集体拿着我的书拍的合影。像"红本本"一样，每个人都举在胸前。更有一张，将我的一本书放在一排同学面前拍了一个大大的特写。

在照片下面，有一行解读文字：集体学习施同学的文集。

感动到、喜悦到泪花闪闪！

感谢你记得我

有些人，也没见过几次面，却不会忘记。

晚上下班，正走在回家的路上！突然手机铃声响，拿起一看，来电显示是好朋友陆。

"在哪儿呢？过来吃饭啊！"

很意外。这个时候，怎么突然叫我去吃饭。正犹豫，她好似知道我疑问似的说到："快来啊，我们这边几个人提出来，要请你一起过来呢。"

有感于她的热情，又好奇，到底谁想着我啊。反正饭店在几步外，那就去吧。

到了才知道，来得真是对了！

原来都是陆的同事，而且，多是已经退休了的老同事。

他们单位今天支部改选，把这些老同志请过来。然后，这些老同志难得来一趟，更难得聚到一块，陆便请他们一起吃顿饭，既缘于过去的同事情，也是对老同志的尊重。

这些老同志，过去他们单位活动时，陆曾叫我一起参加过一两次，因此认识。这都好多年过去了，这次活动，他们竟然想起我，让陆叫我过来。

真的很感动。

说实在的，我已经不记得他们了！

他们这当中，年纪最大的已经七十岁，跟我还是老乡，姓花。陆过去常常夸这位老人，很敬重他的敬业精神和为人。

其他几位也是次第从领导岗位上退下来的同志。

再次坐到一张饭桌旁，过去活动的画面便浮现在眼前，往昔的欢声笑语犹在耳旁回荡。不免感慨时光易逝，又感慨有缘相识能留下美好的记忆。

在六十亿的人群中，遇见；在遇见的人中，还深深地记得你；在记得的人中，与你共度的是彼此尊重的愉快时光。

人生中，因这份相逢，而多了欢笑，多了一份快乐的际遇。能不感动于你记得我？能不由衷地道一声：谢谢你记得我！

那些幸运的瞬间

遇上烦恼了，有人听你说；遇上压力了，有人与你担；遇上委屈了，有人慰你心；遇上难题了，有人帮你解；遇上沟坎了，有人扶你过。

——题记

1. 倾诉

上午，一上班，工作任务就铺天盖地地压下来，当时就有些扛不住，对谁说话的口气都变得不太友好。

中午时，焦虑得团团转。干脆写日记，把交任务的整个过程写下来，梳理了凌乱的大脑。写完后，感觉稍稍缓解了压力。幸好，我掌握了此法。

但仍无法午休，压力还是存在。

于是，发信息给了熟悉的人。对方回过电话来。于是，我把事情又

132

说了一遍。然后，他帮我疏导，又给以安慰，这才把压力消化得差不多了。

突然想到，有压力时，有人愿意陪我说，帮我化解，我是多么的幸运啊！

2. 分担

下午。好不容易，把上午领导交代的任务，梳理得差不多了。在外开会的领导，又发一短信，要求再赶一份材料，下班前交给他。

当时正在参加单位组织的学习。接到这短信，头都大得要爆了。这材料不好弄，一来各家的基本情况还没报过来，二来我不熟悉这块的业务，只怕说也说不到点子上。

领导交的任务，总不能不办吧。可是，如何办啊？

想请小同事一起弄，可是，有点不好意思，因为，我交给他的事也较多，将心比心，他肯定对我也厌烦透顶。

可是，看看时间，我一人之力实在完成不了，于是，猫着腰，跑到小同事面前，让他走出会议室，一起回办公室搞材料。

写材料的事，有几人乐意？但，同事犹豫着，还是答应帮我一起写。于是我和他分工，一人写一部分。还好，近下班时，终于合成了。

遇到难题时，有人帮助你分担，这又是多么幸福的事。

3. 理解

几个同事在办公室，恰好忙过一阵闲了下来，于是，大家议上一会儿事。

闲聊着就聊到了我个人的事上。本来我以为一些委屈只是我个人的感受，没想到，大家却表示了对我的肯定和赞赏。

尤其是，对我担任务，吃了苦，却得不到回报的待遇，竟然敢大胆地表达出来。这大大地出乎我的意料。

说实在的，事不关已，不知其苦衷。所以，对于个人得失，并没有指望同事理解我，只默默地劝自己：放不下，也要强迫自己放下。

没想到，大家却都说得非常真诚，发自肺腑，这不免让我感觉幸运。有这些正直的的同事，对我理解和支持的同事，我不是很幸运吗？

4. 依靠

临下班，领导又交代一件事，让我向一个单位催报工作方案。

电话打过去，那同志是单位处长，听上去比我应该大几岁。一听我电话，也是头大。说手头几件事正忙得不可开交，明天上午还有会，问能否节后报？

我最能理解他的感受了，有太多相同的经历。他一个处室里就两个人，却没完没了的事情压下来，只恨分身无术。

可我无权因为心软，而把领导的要求变相处理。只好与他拉拉家常，一起抱怨着忙不过来，以引起共鸣。最后和他一起希望：明天上午领导有其他事，没时间过问这事，那就阿弥陀佛了。

说到最后，他无奈地叹气：晚上加班赶夜活吧。

唉，那个老处长，还这样辛苦地做事儿，又没得一个帮手。相比于他，我在急难时刻，还有个把小同事可以依靠，我这又是多么幸运啊。

哑巴

到村里挂职期间，遇到一个人，让我很感动，印象深刻。

那是刚去村里不久的一个早晨，我跟先生同事的顺车去上班，到得比较早，发现办公室的水瓶没了，估计昨天我没上班，被人家收掉了。

村干部陆续上班后，我问隔壁的同志，那个叫晶晶的女孩立即说，我去找"哑巴"，便很快地向楼下跑去，一会儿拎了一只红色的水瓶上来了。

我正准备办工，这时，一个大约45岁左右，高而瘦、肤色偏暗的人走进我的办公室，他不言语，直接跑到放水瓶、脸盆的柜子前，将物件重新摆摆齐，又拿抹布抹一遍。

我猜他就是哑巴，觉得那么多的办公室要他照顾，也不容易。他走时，我向他点点头，表示感谢，他则一脸的憨厚，也点了点头，表示回礼。

又过了一会儿，他再次上来，这回送了厚厚一叠报纸过来。有《新华日报》《盐阜大众报》《现代快报》和《盐城晚报》。都码得整整齐齐的。

我不免感慨。在单位上班时，办公室四五个人，个个自顾自，没有谁来帮你收拾桌子，没有谁给你倒水。而报纸，则更是没人送。

在这里，我俨然就是个领导了。

可是，惭愧的是，我什么事儿都不能做。工作上一时不能融入，因为，我是挂职的，人家把我当客人，除了班子会，具体事儿却不叫我。我在那里就被尊敬地"供奉着"，或者说，真正的"挂着"。

其实我希望跟在他们后面，不是为了参与工作，而是希望有机会学着点。如果，他们不让我一同参与工作，我便无法知道基层的情况，也无法做任何事情。

第二天我还是跟了顺路车，还是很早就到了办公室。结果，这回发现水瓶已打满水放在办公室，并新增了一张椅子，上面放着崭新的洗脸盆，盆里也打好了清水。

又发现桌子抹得干干净净，抹布也折叠整齐摆在茶水柜上。到9点多时，哑巴进来。他又送来一叠报纸，并在一张纸上问我：你的名字，电话号码。我很感动他为我做的，便在写下以上内容后加了一句：谢谢你！

我是由衷的！然后他将我的名字和手机号写到通讯录上，又用他的手机给我发了一条短信：施书记。并憨厚地笑着，打手势告诉我看手机。

现在已经很少有这种勤快、憨厚、淳朴的人了，让人感觉很亲切，很舒适。他是一个平凡的人，但我在心里却觉得他很高大。尽管我不配获得这样周到的服务，不配获得这样的尊重。我以后还是用好好的工作，来回报这个老实、善良、友好、淳朴的人吧。

第四辑　生命之爱——有梦想的人生才会开花

爬山就要到山顶

傍晚下班，走到单位门前，不知外面突然下雨了。正撑开伞准备冲进雨里，眼角突然瞥见似乎身旁有熟人。

细一看，还不只一位，是两位。因大雨突至，他们在廊檐下躲避。

我与他们打招呼，并陪他们等待雨停。

这时，年长的那位说，"好久不见你的文章了，是不是最近忙啊？"

说起这个话题，我确实不好意思，只是因为没信心了，身旁的人都不屑地对我说："你别写了！"我终于懈怠，不再向报刊投稿。

但这个中原因我不便向他如实说，因此便顺水推舟道："嗯，是忙。"

我以为他要作罢，没想到，他却用很笃定的口气说："挤时间！"又加一句："一定要坚持下去。"

既然他这么讲，我便有意要廓清平时的困惑，于是问道："为什么要坚持呢？"

他用低沉稳定的声音说："你的文章正能量，别人看了会从中获得积极的信息，对人有帮助。"

我便加上我自己的理解继续问："你意思是，写文章的人也是在尽一种社会责任？"

他说，对啊。并且告诉我，报纸上文学专栏里的文章，他每天都看，有不少的收获。

我又进一步说道，连我自己都比较浮躁，觉得写文章真的没多大意思。不但不受人认可，相反，可能还被笑话。现在骂人不是有这样骂的吗，"你是诗人，你一家子都是诗人！"

见我仍然质疑写文章的意义，他便举了一个例子给我听。

他单位，有位同志，退休了，回去整理自己一生的经历，结果被他老婆看到了，就鼓励他：这么多感人的地方，你何不一点一点的写成散文呢？于是，他开始写，结果一发不可收拾，文章都在各大报刊平台频频发表。

末了，他说，"你还年轻，要向老同志学习。"

我觉得他举的这个例子是挺能激励我的，但仍然对继续写下去心存犹疑。这时，他又接着举了个例子。

他说，他有个战友，是南通人，写小说的，已经出了好几本小说。他每天都坚持写，哪怕有活动、或者应酬，回来已经很晚了，他也要坚持完成当天的写作量。"如果不每天坚持，我怎么能完成四五十万字的小说呢！"他这个战友曾对他这样说到。

他用非常敬佩的口吻说，他这战友有句口头禅："爬山就要到山顶。"

说完战友的故事，他又加重了语气对我说："做什么事，不能半途而废！坚持下去就是意义！"

我感佩他如此耐心地劝喻我，也只有他这样的人才有这样的赤诚吧！如今，还有谁会鼓励一个人去坚持某项无利可图的事情呢！

我觉得他才是真正充满正能量的人！

远离是非之地，你做得到吗

昨晚，看电影《雪谷逃生》，一行 8 人，因雪崩被困于恶劣的雪地里，历经各种险情，最后有两名大人不幸罹难，一人跌断腿，一名小孩昏迷不醒。

一边看，一边唏嘘不已，心为这 8 人悬着，为落难者伤心着，同时，也感慨，人还是要避开危险之地。

人类天生具有冒险精神，这种精神，在推动着人类进步，可是，日常生活中，我们还是要有安全意识。俗话说，小心驶得万年船。能避开的风险，还是尽量地不要去挑战。

今晨，又听闻一则消息，更是让我对如何爱惜生命，不涉是非之地及是非之事，感触良深。

某县境内，发生一起车祸，造成 5 死 4 伤。初起两辆小车出了小事故，一群人围着处理，包括看热闹的人们，这时，冲上来一辆汽车，导致惨剧发生。

对于事故中的遭难者，可以讲是飞来横祸，肇事者固然当受万众谴

140

责与唾骂，可是，这其中，那因看热闹而致亡致伤的，冤向谁说呢？

我们身边不乏"好奇心"爆棚的人，平时路见冲突了，就爱上去瞧瞧，有的还会"义愤填膺"地参与进去。都说好奇心害死猫，遇着事儿，自有相关职责部门按规矩来处理，这好凑热闹的不但无益问题的处置，相反，还会妨碍了事情的有序处理，甚至惹火烧身，真是不知安危轻重啊。

这次车祸中，就有一位熟人，正当壮年，是被一家公司挖去做老总不久的，当时恰好经过，上去围观，结果把宝贵生命搭了进去。一个家庭的灾难，一家人的痛苦，可想而知，不忍想象。

古话说得好，是非之地要远离。其实，从小时候，这道理，长辈的说教里或者课堂上，我们都被灌输过不少次，可是，很多时候，也都被当成了耳旁风。

生命只有一次，且行且珍惜。请绷紧安全这根弦，无论是远行，无论是做事，具体到骑行、参加活动、日常一饮一食，要多问问自己，在脑子里多打一个问号：妥当吗，会安好吗？

走路防跌，吃饭防噎，有点儿这意识，益人益己。

有位熟人曾对我说，他走路像做贼似的，能步行时不开车。步行时不只是走人行道，且多走路边高坡，并不停地"东张西望"，你可别笑话他"杯弓蛇影、草木皆兵、因噎废食"，这是对生命的敬重！

一人有一个梦想

处子无染，总是对这个世界充满了希望，因而也生活在快乐和一路飞扬中！

有梦想的人生才会开花。

电影《家长指导》里，外公阿蒂一心想成为巨人队的解说员，可是，他却在 48 岁时被解雇了。

看到他白天陪着外孙们，深夜却一个人爬起来对着电视上的体育节目沉醉地作现场解说时，既为他感到惋惜，同时也觉得他好可爱，有梦想的人，即使一时失意了，你却能感到他的光芒和魅力，只觉得他的梦想实现只是早晚的事。

或许他不能直抵梦想的彼岸，但也一定会在一路上分别开出花朵来。比如，他让有口吃病的 8 岁的外孙成功地当起了小小的体育赛事解说员；他让孤单的 5 岁的外孙终于埋葬了他假想中的朋友——一只袋鼠；他让患有"高成就症"的外孙女勇敢地放弃了音乐学院名额的角逐。当然，在影片的最后，他自己也成功地成为了巨人队的解说员。这是个皆大欢喜的结局，让人欢欣鼓舞。但是，即使，他的梦想没有实现，他也不失为一个成功的人。

一直快乐地前行在梦想路上的人，本身就是带有梦幻色彩的梦想的化身。

"一心一意走自己的路，寻找一线希望，毫不懈怠地前行，直到停止呼吸，直到没有路。只是一心一意地往前走，仅此就好。"

这是我喜欢的一首诗《一心一意》。当今世界，没有闲的人无所谓了，有闲的人，一会儿学画画，一会儿学手工，一会儿又要学跳舞，最后说不上全部铩羽而归，但，全才的人毕竟少了，大多数人还是会最终什么都半吊子，不能给自己带来快乐和充实感。

就一个梦想，把一件事做好。一心一意，向一个方向前行。

没有梦想的人生是贫瘠的荒原，有太多梦想则可能成为长满杂草的荒原。

有自己的梦想，就无暇羡慕别人一域一地的功成名就，就不会迷失在喧嚣的声音里，纠结自己一时一事的失落，不会因无人同欢而孤独寂寞，因为你有自己的支点。

梦想不是追名逐利的欲望，梦想是喜欢做一件事，一件正点的事，仅此而已。

人的生命是有限的，精力是有限的，还没来得及享受春花的烂漫，人生便会进入落叶纷飞的秋天。尚未来得及感叹秋叶的壮丽，萧索的冬天又迫近了。

所以，握住一个梦想，上路，让自己的一生，行进得从容而光亮闪烁。喜欢在一件事上，就会喜欢着每一天，就会喜欢着你的一生。

爱恋的恋，书香的香

读书，一灯幽幽，一室静静，是享受。文字是视觉上的盛宴，哲思是心灵上的甘露。一书，打开一世界。一书，阅尽天下事。一书，密藏解惑的钥匙。

好书相伴，如品佳茗，个中体会，莫如一个"醉"字能说尽。

偷看课外书，尴尬亦得意着，不知你是否有过。反正我是一路偷读着走过学生时光的。

小学，一次数学课上，正津津有味地看一本绘本，没想到校长从窗外走过，冷不丁抽走手中的书，于是，"雪花"纷纷扬下。被惊动的同学，都朝我看过来……那时只恨无地缝可钻。

初中，暑假，正是养蚕的季节。喂桑叶，清蚕沙，捉蚕上"草龙"，家人忙得热火朝天。而我，装病躲在蚊帐里，看书不亦乐乎。家人掀开蚊帐看时，我便侧身向里装睡。家人一转身，我又捧起书，读个不知肉味。

每日能够读书，仿如身处兰蕙丛中，心口生香。

古人读书有"三上"：马上，枕上，厕上。我今读书也有"三上"，只不过"马上"成"车上"。外出乘火车，爱捧一书，沉静于中，浑然忘却外面的世界，亦不计车是怎样地颠。

在家也是手不释卷。洗衣做饭的间隙，有点滴时间便看书，陶然看到入迷处，常忘了正在做饭，待浓浓的煳味悠然地送进鼻腔，才恍然从书中惊回。

买书亦是陶醉事。扎满头小麻花辫时，便常常步行至十几里外的镇上买书。高中每周返校的路上，必先拐到书报亭买书。上大学那阵，流行金庸、村上春树、林清玄，于是，书桌里又塞满了这三个人的书。

买书常常迫不及待。有时，突然要买一本书，急忙忙赶到书店，却已关门，心便堵得慌。偶尔发现书丢了，亦会魂不守舍起来，赶紧奔附近书店去。直到丢的书重得买回，一颗心才放下。

有时书被同好人借去，都会心里生出不舍感，好像那书不再收回了。有时，会上网重买一本，心里这才不再如猫抓。

外出旅游，人多喜欢带回土特产，我却爱买书。每到一地，来不及辨好丑，一本一本地买。把那地的历史、风土、人情，全背回家。

后来翻这些书发现，当时的记忆，亦被装了进来。

缘于读书，亦结识了不少书友。

琳，如知心姐姐，不时和我谈读书的诸多好。

仪，专注读书的样子，如一朵静静的六月荷，一直俏立在我的脑海中。我养成得闲便读书的习性，受她的影响颇深。

梅，是个"书痴"同事，每读到好书，便"强行"把书借我，然后还"逼"我与她"聊书"。

更有几个，建了好书共赏微信群，常在群里为书打架，"奇文共欣赏，疑义相与析。此中有真意，欲辩已忘言。"

燕与我同一办公室，常听她浪漫宣言：一本书，一杯咖啡，一盏灯，得此，人生足矣。

好吧，虽觉得这宣言似乎有点"老土"，但不得不承认，心底的声音是"我同意！"

曾国藩曾说："善读书者，须视书如水，而视此心如花、如稻、如鱼、如濯足。"

怎么有时还觉得书像个恋人了，一想到能读书，这心脏便"扑通扑通"跳得欢！呵呵，书香萦绕，此中滋味长。

复读的天空有点灰，走过去后是一片明媚的蓝

写下这个题目，百感交集。故事太多，往日的一幕一幕，云彩般一朵朵飘过来。在我的生命历程中，那段时光早已长成了一片林，回忆总会连绵不断。

现在的孩子基本上能一考即中，即使有少数失误落榜的，也不大会选择复读，而我们那个年代，大部分人会走上复读之路，毕竟考上于否，有着云泥之别。

有的人会连续复读几年，苦心砥砺，披荆斩棘，向着大学的殿堂奔去。我读高二那年，校内有位女生复读到24岁了，还未考上。她上课都觉得难为情，因为，她的任课老师才21岁。

可怜的女生，她后来有没有考上，我也不得知。有时，不是你付出努力，生活就给你回报。也可能是，青春成伤，花落山空。

然而，我并不比她好。荒废掉的三年高中时光，不是一朝发愤，就可以重拾美好。凡是自己不曾用心对待的日子，后来一般都会打脸。

我表哥，任教外县一所升学率较高的中学，自然，我便去他那所学

校复读。第一次摸底考试，丢脸死了，120分的化学卷子，我只考了27分。当时哭得稀里哗啦，心想，就这点底子，看来与大学"渠会永无缘"了。

还好，这是学校的策略，一开始用极难的卷子，打出学生的原形，一盆冷水浇个透心凉后，让学生知耻而后勇，沉下心来去苦读。后来的卷子就容易些了。而且我也不笨，成绩慢慢地上来，信心也随之一点一点上扬。

但终究底子太薄，复读的第一年还是预考就被刷了下来。想起那时学校的老师，确实水平比较高。学生和老师也是互动的。学生好，老师也就教得起劲；老师好，学生也就学得来劲。那时，那所学校的老师，一个个敬业又教学思路清晰，至今都让我印象深刻。眼前仿佛还看到那几位教过我的老师黑板前讲课的神情和风采。有位数学老师，年纪较大，长相清瘦，但他上课时，两眼黑漆漆亮晶晶，好像发光一般。

每复读一年，结识一批新同学。然后一年下来，有的考上了，欢天喜地到学校来给老师和同学发糖。有的回家了，从此是路人。有的再度一起走进了复读的教室，并又遇见新的同学。这或许也是缘分，只可惜相逢却因"同是高考落榜人"。

复读的日子，回头看是短暂的，可当时却是漫长而煎熬的。在漫漫时日里，也衍生出了同学之间情义的感动故事。我有位复读班的同学，她先我一年考上，然后，便一直在大学里向仍在复读班里鏖战的我召唤，月月给我写信，为我打气再打气，直至我揣着她的最后一封来信进了考场，走过那特别的夏日三天。

也有意外的惊喜。我有位第二次同走进复读班的同学。因她成绩比较好，我表哥还特地安排她与我同桌，以带动我的学习。但就在一个月后，也就是十月份，她却意外地接到了录取通知书。哈，这种尝过了失落的苦再来的甜，那幸福度绝对是无可比拟的。她当时激动地把复习资料、身上所有的生活费全掏了出来给我，喜不自禁地"裸奔"回家，到高校报到去了。

这种惊喜我也只遇到一个。其他同学还是老老实实又开始一年的复读。枯燥的复读生活，被失败累累捶打的心灵，久而久之，性情都会大变。我本是一个活泼爱闹的女生，等考上大学时，则换了一个人似的，特别沉默寡言了。

虽然，复读的那几年，有亲人关怀的温馨，有同学一起的欢笑，但更多的，留下的还是创伤。在以后的日子，每当想起，仍是唏嘘不已。还是希望人生一帆风顺，不要走这种弯路。

我有位复读班的同学，他比我还晚一年考上。考上那年在给我的信中他说：复读三年，医学专业要学五年，一共八年，相当于读了两个本科。特别后悔高中时不知努力，然后遭了这"加倍奉还"的罚。

心有戚戚焉。

回首，复读的那片天空有点灰。但走过去，是一片明媚的蓝！

高中的我，混沌的我

我的高中并没有在老完中读完，到高二时，转到了另一所学校。这是一所普通高中，在完中招录结束后，才轮到它招生，因此，生源要比老完中差。

我转到这所学校，是因为哥哥大学毕业，恰好到这所学校任教。把我转来，照顾我上学，以减轻爸妈负担。

在完中时，我的成绩还可以，期中考试排名班级第 8 名，期末排到第 4 名，正一路上升。高二时，4 个班级中名列前茅的学生会进入强化班。据我弟弟讲，后来我的名字在强化班的墙上挂了好长时间。想来，还是有点惋惜的。

到了普通中学后，我有很强的优越感，觉得自己不努力，也好过现在的同学。可是，在这种骄傲中，成绩是江河日下。以至后来高考败北，我曾抱怨过哥哥，说要不是他把我转到这里来，我也不用复读。这也是让我一直愧悔不已的一件事。

在完中的时候，一个年级有 4 个班，到了这所学校，只有 2 个班。

到高三时，又重分成文理班。

当我不学习时，都在干什么呢？

讲究穿着。虽然初时家中兄妹4人上学，负担重。哥哥他们读大学的费用有时还得向亲戚借，因此，在校时，哥哥他们都很低调，当别的同学去玩时，他们只能窝在宿舍学习。但随着大哥毕业工作，家里的经济状况就有所好转。况且，我是家中唯一的女孩，爸妈宠着我，因此，哥哥们对我也就特别照顾。大哥除了把我学习费用担过去，还给我零花钱。我便用来买布，然后到镇上裁缝那里做各种漂亮的衣裳。当时，我们高中三个年级的女生都住同一个大宿舍里，这种穿衣的攀比之风很盛，往往谁穿得好看，就会受到大家的推崇和羡慕。我班有个女生，她有位姐姐是裁缝，给她做了好多好看的衣服，然后，宿舍的女生，就拿她衣服的样子，去到镇上请裁缝做同款式的。那年的冬天，流行一种红色的棉袄，叫"公主袄"，那年的夏天，流行淡绿色的衬衫，于是，女生们，差不多人手一件。

走同学家。那时，要好的同学，周末时，会随了去到她家。我曾去过几个女同学家。想想也真是，同学家一般还都住得远，不知那时，怎么就有心思去玩的。

看小说。我们那时流行看琼瑶、金庸小说，爱做着白日梦。小说，多是同学间借的。能从这个班借到那个班，甚至从这所学校借到那所学校。毕竟年纪小，不知道什么重要，这小说看得如痴如醉，这大好的学习时光也就溜走了。

爱慕异性。然后，大多数人绕不过去，便是对异性的向往。我们那个年代，谈恋爱还不被看作是正当的。一般认为，只有差学校的学生才会谈，并被贴上风气差的标签。我们那时，谈恋爱的也不多，公开的就两对。后来有一对还真成了。但是，多数人心里，是上演着暗恋的戏码的。我有个要好的同学，大家都说她长得像山口百惠。追她的男生特别多。女生就特别羡慕她了，我也不例外。记得，她有次把收到的追求信给我看，厚厚一大叠。藏在书箱的角落里。那真是美丽青春的骄傲见证。不知那些信，她现在还收着吗？在艳羡她的同时，我也和她说起我百转千回注视的男生。哈哈，其实人家根本就没意识到我的存在。想想，青春时期还真是爱自作多情啊。

吵嘴。青春期的女孩子，还有个不为人知的毛病，爱吵嘴生气。今天还形影不离，好得化不开。可是，明天，可能为一件小事，甚至莫名的情绪，就生了气，从此再也不说话。我就和一个本来要好的同学，仅仅因为分班的事，吵两句嘴，气得从课堂上奔了出去。哎哟，想起来真是可笑又可羞呀。这种吵嘴、生气，也会很大程度上影响学习，心情不好，书读不进去，从而导致最终高考失利，这个情况在我复读时就出现过。

就在无知、懵懂、盲目里，我们的高中生活匆匆收场了。

那时很奇怪，虽然高考能改变我们的命运，可是，我们还是根本不知道向着这个目标冲刺，相反，每日里过得悠哉游哉。玩着，嬉闹着，任时光了无痕迹地逝去。

我们对于考不上，也没觉得多痛苦。当时，高考分预考和统考。我们班，预考通过的也就十人左右。其他人员，便完成了一段行程一般，自然回家，也没有失落，也没有忧伤。可能认为，反正大多数人都这样，便觉得这很正常。

记得我回家后的一天，我们班那些可以参加统考的同学，一起骑自行车去海边玩，途径我家，邀我一起去。没有比较就没有伤害。这个时候，我觉得我比他们矮了一截，不好意思和他们在一起了。现在，他们有时还会在同学群里，晒出当年去海边的照片，一个个青春飞扬。他们留下了这动人的记忆，而我，人生中，比他们少了这一抹亮色。

其实，一个人如何度过自己的青春，也不是所有的人都糊里糊涂。

我们班当时有个女生，和我同桌，相处很好。她个子小小的，大概也比我小两岁。她就很朴实，学习很认真。因此，老师都很喜欢她。我印象最深的是，她特别爱提问。有时，她问老师的问题，一旁的我都暗暗发笑，心想，这么简单的问题也要问啊。但就是这个女生，后来是我们班女生中第一个考上的。她现在生活幸福。我想，应该是她勤奋认真的品质，一路照亮了她的人生。

我的高中生涯，在混沌中匆促地过去了。因为青春没有起飞，所以，也就没有后来的翱翔。

那年高考，遇见生命中的贵人

　　许多时候，高考的结果不仅仅决定于学习成绩，还有许多别的因素，这其中，来自各方的鼓励，最是重要，有时，鼓励，会创造奇迹。

　　我当时因为屡次失败，这心情上便落下了阴影，总是很压抑及纠结，仿佛有一堵墙，把自己与希望的那头严丝密缝地隔开了。

　　但就是一句话，就有这种神奇的力量，能够打破这种咒语一般的阻隔，让人豁然境开，可以直通理想的那方。

　　记得我考中那年，高考的前一晚，县分管领导带着教育一条线的人，前来住着大批考生的宾馆巡视慰问。这个领导，曾经是我高二的语文老师。他遇见我时，用笃信的语气说：你不是考不上，而是没有自信。

　　这句话，放在别的地方，别的人身上，实在没有任何特别的意义，可是，对于我，却有如醍醐灌顶，一下子打开了我的死结，让我找到了冲破禁锢的出口。我一下子放松下来，在接下来的三天中，只管尽心做题，然后，发挥出了自己的最佳水平。

　　以前都没发现解开命运的魔咒就这么简单。平时成绩都还可以，应该达到考上的水平，可就是最后一考，状况频出，不是紧张的失眠，就是临场出现各种意外，最后导致就是考不好，与录取分数线就差那么一点点。

一句寻常的话，可以改变一个人的命运。我深刻地经历过，因此，那场景，那时刻，那句话，无论岁月如何变迁，都历历在目地矗立在我的记忆深处，任何时候都不会忘记。

我曾提到过的那位坚持给我写信的同学，其实，在这之前是有一个故事的。当时我们在复读班相处很好，同住同学习。她成绩比我好，对我是很好的带动。可是，因为我回本县预考，考试结果出来比较晚，待我回校时，学校已经上课几天。而此间，另一个同学，竭力拉她同住一个宿舍，结成新的学习搭档，而我只好住到别的宿舍，学习上感觉落了单。这很大程度上影响了心情，就觉得学习没了效率，结局是最终高考发挥不好，再度落榜。她因此觉得内疚，便在我次年复读时，坚持在每一次摸底考试、每一个关键时点，都来信鼓励我，用信陪伴我走过艰苦的复读时光。

这种陪伴真的不容小觑，它不仅让人生出力量，注意学习方法，提高学习效率，它还让人不感到孤单，始终保持愉快和自信，从而处于良好的学习状态中。

这位同学在大学毕业后渐渐失去联系，但那年的陪伴，却是我人生历程中温馨的一段，是我高考生涯中闪亮的一抹，是我感念的人群中重要的一个。

在一路走来的日子里，我们会遇到不同的人。有不少的人都会影响我们的人生走向。有的甚至会让人生出现大的拐弯。我最感念的是那些给我们带来力量和信心的人。

因为他们，我有了更多的快乐、成功和幸福。因为他们，我的人生变得更好。因此，在我们的一生中，尤其是当处于低谷时，那些给我们鼓励和支持的人，是我们生命中的贵人，值得我们用一辈子去感恩！

高考，农村孩子走向远方的第一站

如果没有高考，我现在大概接过了爸妈的衣钵，把世代农民身份相传下去。这也没什么不好的，但我可能不知道外面的世界是什么样子。

当我为了高考，到外县去复读时，我便迈出了走向外面世界的步伐。我知道了，原来，世界上不只有我生活的这一个角落，还有更广阔更辽远的地方。

我认识了新同学，和她们一起学习，亲眼见证她们青春的各种波动的心思。听她们说自己的故事，也说以前同学的故事。

周末，我去同学家里玩。十里不同天。我见到了不一样的风土人情，听着不一样的语言。觉得，世界真神奇，他们怎么和我们不同呢。

考上大学后，我走得更远了，见识到的同学，更来自四面八方，性格、语言更是五花八门。

走得越远，遇见的人越多，看到的世界越大，自己的眼界也越宽。

如果不是高考，我不会有机会从一个县到另一个县，从一座城到另一座城。不会有旅途的见闻，不会有那些发生在路上的经历，包括有惊无险的事件，也包括一些难忘的邂逅。

或许，没有高考，后来的我也会出去闯荡，但从部分同龄人的经历来看，要晚一些，走的路，也远比高考这条路来得更曲折，最初的心情也没有这么的意气风发。

乘着高考这趟列车，我的人生得以走向另一片天地，去到更远的地方，相遇更多的人，开启更多的未知世界，收集更多的生命体验。

我并不比同龄人聪明，只是我的哥哥他们带了好头，然后，愚笨的我，通过复读，用呆板的方式，也勉强跟着走上了这条路。

所以，我是幸运的。这种幸运，也砥砺我不敢懈怠，因为，要回报这种幸运，还有，明白，不可能步步幸运。幸运地乘上了高考这列车，以后的幸运还要靠自己去争取。

这就是有的同龄人，最初没有赶上这列车的，却也赶上了别的车，然后，他们的状况有比我又更好的。

因此，人要不念过去，不畏将来，每一步都努力，便会赶上命运开过来的一趟又一趟的列车。高考只是向远方的第一站，而，接下来的站台还很多，就看你能不能赶上了。

第五辑 自然之爱——植物的感动

三月，打开心扉的季节

三月，是一首舒缓的音乐。当你累了，烦了，到乡间走一走，听爸妈说说话，心便会在三月的抚慰里，变得安静、轻松、适意、飞扬起来。

1

天澄澈，薄云静，阳光灿烂。遍地菜花黄。近闻浓郁的香气扑鼻。蜜蜂嘤嘤，鸟鸣清脆！

爸爸说，清明天晴，预示一年好光景。

印象中，清明时节总以阴天为多。"清明时节雨纷纷，路上行人欲断魂"，像一枚印章一般，给季节盖上了标记。

当然，前两天的确是阴天，也下过雨。

记得去年也是，夜来雨声哗哗，听到心里倒是满满的高兴：下雨了，爸爸就不用到地里干活，一年忙到头的人，终于可以歇一歇，我们也可以陪他打一把牌了。

不过，今年天晴，一样的开心。坐在阳光下，和妈妈一起择菜（韭菜、青菜、大蒜……），说说话，心情特别地舒畅。

2

这次清明节，二哥一家回来了。大哥一家也赶回来了。

电视上看到，高速上尽是赶回家的人。

回家，追思怀远，祭祀先人，不忘根本，人皆此心。

从城里回到老家，置身乡村清新空气的包绕中，让辽阔的原野荡涤心头的块垒，让淳朴的乡风拂去胸中的阴晦。

3

走在乡间的路上，一路美不胜收。

绵延不尽的菜花，大地仿佛就是一张巨大的金色的地毯，而且是舞动的、飘香的。

华丽的房屋镶嵌在这花的海洋中。房前屋后又有树，有桃花、梨花正盛开着。

"百般红紫斗芳菲"。欢喜地，拍下许多照片。有菜花、有蓝天、有参天大树及上面的巨大的鸟窝。一边拍，一边对一旁的家人说：呀，到乡下发现不少珍宝啊！

三月的乡间，是一幅美轮美奂的油画。其壮美、其明媚、其晶莹、其生机，无法用语言来描述。唯有你置身其中，亲身去感受吧。而当你融入这乡间，你大概会和我一样，也只有惊呆的份。

4

打开微信，不少人在发三月美景图片，有很多关于清明时节的内容，或思古，或说今，或抒怀，也有，简单地慨叹的。

每每看到人家的文章，我深深地共鸣。但，可惜，我写不出这许多的感受。而其实，所有的文章，也只写出了这节气里景与情的冰山一角。

急于倾吐心意，却苦于无法言表的我，很迫切地希望，有文章能直击我心，以代诉一腔汹涌之情。一篇篇看过去，仍觉意犹未尽。

有一点遗憾的是，那么多已然很美的文章，点击率并不高。那要是我写了，只怕看者更寥若晨星吧。唉，一声叹息。

一旁劳作的妈妈听了，疑问。我故作玩笑地说：这辈子没出息啊！

妈妈立即语重心长地说：儿呀，不要有出息，只要什么都安好就好！

听了，心头一动，眼睛不觉有点湿润了。

5

天下父母都是这般，不求孩子有多大出息，只望你一生安好！

立夏时节花满城

　　中午，下班一到家，我便扔了背包，扑到电脑前。迫不及待，想要写下这篇文字，与人分享，一路遇见的花开。

　　今早起来，心情有些忧郁，感觉接下来的工作，好像也没力气去推进了。犹豫着是去办公室，还是直接去正负责准备的现场点。幸好，是一个方向，便不确定目标地出了家门，拖着步子，慢吞吞、无精打采地走着。

　　刚走到日日上班时走过的那条熟悉的小路上，突然眼前一亮，野蔷薇的白花儿开成了一片，浓郁的芳香扑鼻而来。

　　忧郁立即减轻，我蹲下身子，用手机拍下这些花儿。这条路比较僻静，鲜有人打这里走过，这花儿依然开得热烈，似乎并不在乎有没有人看到。

　　因前两天一直蹲在现场点上，因此，当我到得班上时，同事间竟有种暌违已久的亲切。突然想，前几天心中生出的羡慕不上班人安闲的想法似乎不对，和同事一起工作，是幸福的，要知道珍惜。

出了办公室大楼，往现场点走去。大路两旁是葱郁的树木，有绛红色叶子的李树，不知名的各种绿叶树。早春时节，这一带曾开成了樱花的海洋。现在，则是覆盖下浓郁的绿荫来。树叶特别地油亮润泽，看了叫人心生欢喜。浓绿里间杂着一段一段的绛红，想当初园艺师为了这色彩的搭配也是费了不少匠心吧，给带来了无限的赏心悦目。红色如楝树果大小的紫红的李子，缀满枝缀满桠，藏在密匝匝的树叶里，让人想起淘气的小朋友那扑闪扑闪的大眼睛。迎面一位着蓝色长裙、白色上衫的青年女子款款走来，和这绿荫相映成画，分外动人。

一片开阔的草坪上，黄色的、白色的，开满了像菊花一样的小花。一阵风吹过，花朵们快乐地摇曳着。我想，它们没有因为微小而自卑自怜啊。

小区内，楼房前楼房后那三三两两的花朵应该是蒲公英了。它们没有撑开小伞儿去旅行，而是安静地立在人家窗台下，大概在侧听屋里人的浅笑低语吧。我想，它们也没有因为伙伴少而患上孤独和忧伤。

从现场点回头，走的另一条大路，沿路的围墙上开满了一簇簇的粉色蔷薇。像一群群嬉闹的少女，挡不住的青春妩媚与活泼，一览无余地倾泻在行人眼中。

古诗说，春城无处不飞花。昨天刚刚立夏，这季节，这城市，俨然就是一座花城。徜徉在其中，心怀愉悦。忧郁，不知何时，早已烟消云散了。

村子在鸟鸣声中醒来

此刻，5月最末一个周日，上午10时。我坐在老家的窗户下，透过开阔的打谷场，面向一片无垠的田野、青灰色的苍穹及远方的一片绿树林。

大清早，我已从田野间的小路上，踩着"嗒、嗒、嗒"的响声，欢畅的走过，沉浸在乡村清晨的交响乐中，陶然欲醉，不想归去。

太多，太多，要写下的太多。目不暇接，耳不暇听，脑不暇思，我该从哪里说起呢？

对，就从鸟鸣声开始吧。

这会儿，仍有各种鸟声传来，跌落在天空下的菜籽上，玉米苗上，和一垅一垅的白色大棚上。

比早晨稀疏些了，不那么盛大了，但仍然此一声，那一声，不绝于耳。

"叽，叽，叽"最熟悉了，是不？乡村的麻雀，一群群，一飞一大片，在田野的上空，恣意地淘气。

"吱，吱，吱"，这是什么鸟儿呢？我也不甚清楚。听声音，尖细而娇滴滴的，似乎是从树桠间传来，含羞带俏样，应该是鸟儿家族中的小家碧玉吧。

　　"曲，曲，曲"，这又是什么鸟儿呢？短促而有力的呼唤，和着刚才的"吱小碧"，一呼一应，十分默契，这大概是鸟儿家族中的青壮小子，正大大方方地撩"吱小碧"哩。

　　"哔，哔，哔"，这声音清脆如童子声，大概是在一旁捣蛋的小朋友吧。

　　"喳，喳，喳"，这个声音大家也不陌生了。看，他那强壮的黑色剪影，掠过天空，向东边那片树林去了。对，它就是花喜鹊。

　　在乡村，喜鹊似乎是仅次于麻雀，数第二多的鸟了，不时地从天空中双双飞过，直向林中。不像麻雀，喜欢集在电线上，场地上。麻雀是贪玩的，而喜鹊一定都是静静地办大事的鸟儿，比如去给人们报喜啊！

　　很多年前，暑假里，晨起，听喜鹊在门前树上叫，我便笑对二哥说：听，你今儿一定有好消息。心下没底的二哥回我道："你知道吗？喜鹊叫声是糟，糟，糟！""不会的，喜鹊，喜鹊，你就等着有人来给你报喜吧！"

　　果然，喜鹊如我所言，确是报喜的鸟儿。当天中午，村里有人送来了二哥的高考分数，远远超出了录取分数线哩！

　　又是数声鸟啼跌落在我的窗前，声音柔媚清脆婉转，好像是爸妈说的"八哥儿"。

　　对了，听，在各种鸟鸣声中，不间断地夹杂着一种声音。来自远处田野上空，一声接一声，"割麦插禾"，哈，这位就不用我介绍了吧。

　　又从左侧方向的远处传来"咕咕"的鸣叫声，应该是野鸽子吧，我也不敢妄言。问我母亲，她说，是的，没错。

　　避开劳动的艰辛，乡村的景色，的确如诗如画。

先生从电视里看到正在介绍风景区古镇同里，对我说："你看，我们去过的，真美如画。"我撇了撇嘴，回他："那也叫'如画！'"

如果不是此刻置身在景色壮阔的乡村，我是认同同里"如画"的，可是，感受过了乡村5月辽远的景色，再看同里，我个人觉得，如果说，乡村是一条河，那同里只是一眼井。乡村这幅画波澜千里，万物竞发，同里只如这其中的一朵花、一棵草而已！

说到花，上天下午回乡的路上，被四野的星星密布的白色小花儿吸引。忍不住停车拍照，并问田间收割菜籽的农家女：这是马铃薯的花吗？

她憨厚地笑着，摇着头："不是的，不是的。"那神情，又似笑我，"你城里人，不知农村的作物。"我就没好意思再追问下去。

现在想想，那可能是荞麦花！我曾从书中看到过介绍，很像。呀，真是书呆子！生为农村人，到城里生活了几年，都变得不灵敏了哩。

清晨，之所以醒得早，就是被各种鸟鸣声叫醒的。醒了耳朵，然后到田野一看，眼睛也醒了，浑身每一个细胞都醒了。

薄雾微茫轻柔地笼罩四野。笼住了大片的熟了的菜籽，大片的黄瓜架，大片的白色大棚……农人们已经在田野劳动了。

我拍下了爸妈收割花菜的身影，拍下了村民肩担农产品从大路上走过的身影，拍下了邻居在大棚里采摘青椒的身影……

满田满野，是翩翩飞舞的白蝶。当它们停歇在绿的、黄的作物上时，让人误以为是开着的一片白花呢！

河里不时传来青蛙咕咕的鸣叫声，它们也起劲地汇入早晨的交响曲里，响应着天空的鸟鸣。对了，白蝶、农作物都是应着这乐曲迎风而舞的吧！

呀，呼吸一口浓浓的湿润的清新的乡村空气，你不妨尽情地去展开想象的翅膀——乡村5月，这世上最盛况空前的田园音乐会、舞会、画展！

植物的感动

晨起，习惯性地看微信，一下子被一位好友晒在群里的几幅照片吸引了眼睛，友人欣喜地告诉大家：她家的仙人球今年第二次开花了。

一株自身长得奇形怪状的仙人球，开出的花朵却色泽洁白，花瓣柔嫩，花形小雏菊一般可爱。

友人特意度娘了一下仙人球花的相关知识：仙人球很少开花，几年一次，花期很短，几小时或一两天。它全身是刺但开的花却非常漂亮，开花一般在清晨或傍晚。花色多种，形状类似喇叭花。仙人球生命力强，尤其在恶劣的沙漠中，开出的沙漠之花点缀着整个大地，让困在沙漠之洲的人们坚信生命的存在，点亮他们生存下去的希望。所以，仙人球被人们称作奇迹发生的种子，它开的花代表着"奇迹的出现和希望"。仙人球开花代表着生命的顽强，代表着人生的幸运，同时也代表着吉祥如意。

这几幅从不同角度展示仙人球花之美的照片中，有一张我觉得意境特别好：三朵柔润洁白的花下，卧着一只安静的猫。这幅照片，好像就是在传递它的寓意：喵，妙！

朋友是中学老师，前年无意体检发现患有甲状腺癌。此前其实有症状和迹象。她曾两次莫名摔倒，跌得很重，但都以为是意外，没有引起注意。直到发现、住院手术，在家养病期间，我们去看望她，言谈中才得出结论：身体早已向她报过警。

朋友很坚强，没有惊惶，没有沮丧，而是积极投入治疗中。直到她所有的疗程都结束了，我们一帮朋友才知晓。而如今，她完全康复，还像过去一样，每天乐呵呵地工作和生活着。好像她的生命中就没有经历过这场大病一般。

所以，当今早看到她晒出的仙人球花的照片时，我觉得，这花真的像极了乐观的她。她就像这仙人球花，美丽而顽强。

朋友说，植物的生命力有时比人都坚韧。

这让我忽地想起我家的一棵樱桃树。

都说樱桃好吃树难栽。可我家花盆里，今年竟然意外地长出了一棵樱桃树。

这花盆本来是长吊兰的。在我们家只能长这种懒人草，要不然，准养一个死一个。

这不，这盆吊兰在去年一个雨天，先生兴冲冲地将其放到户外围栏的墩子上淋雨，结果，让它享受了一回天雨的浇灌后，就再也不把它搬回家了。然后，冬霜冻夏烈日，枯死了。生命力那么强盛的吊兰啊，生生地就被我们两个懒人精给扼杀了。

废弃的盆子就一直孤零零地蹲在那护栏墩上。偶尔看到它，也仿佛感受到它在谴责我们：没有良心、不负责的家伙！可一会儿又忘记它的存在了。

今年大概是五月份吧，却忽然发现里面有一株弱小的绿芽冒出来了。那干硬如石头的皲裂的土里，竟然冒出了这么弱弱的小拇指大小的一株。

那形状，不是杂草，而是正经八百的树型。看叶子，我觉得很像小区里樱花树的叶子，只是没有樱花树的叶子圆，比之显得细而尖。我联想到曾在朋友的苗圃里看到的樱桃树的叶子。

对的，应该就是樱桃树。因为，前几年，我曾把吃过的樱桃核洗净，往几个花盆里都撒了的。现在这盆子的土面上还有几粒白色的种子裸露着哩。

惊喜并感动之下，我把这花盆搬进来放在家中阳台上，开始精心呵护小树苗的成长。长得可不慢呢，现在已经长成了一棵地地道道的树的模样，且经多方核实比对，完全确证无疑，就是一棵樱桃树了。

我内心颇为感慨，只要撒下种子，哪怕环境恶劣，树儿终究会长，花儿早晚会开。

漫步森林 叩拜大海

中央电视台播放过一个关于盐城的宣传画面，大家应该有印象：一位年轻的姑娘，在森林前练习瑜伽，画面末尾打出字幕：盐城，一个让人打开心扉的地方！

那万顷树木的背景便是国家 4A 级风景旅游景区——黄海国家森林公园。

久慕其名，周末，三五个朋友约了一起去观赏。这天恰是非常适合出游的好天气，没有灼人的阳光，倒有阴凉的风时时吹拂。

车行近森林时，呈现于眼前的是一排又一排无尽绵延开去的绿树，我们仿佛缓缓行向绿色海洋的深处去。天地格外地寂静，空气格外地清新。两旁的树遮蔽了头顶的天空，只留下细细的缝隙。朋友雀跃着七嘴八舌地议论：这就是传说中的一线天吧。

越向前，心变得越发地安静。过去只是在电视和宣传广告里瞥见过，对"一个让人打开心扉的地方"不免疑问：很朦胧啊，到底什么意思呀？而如今行身于这莽莽绿林中，才真正从一个个张开的、贪婪地吸吮新鲜空气的细胞中，切身体会到，这说法真是太贴切不过了，恰是这种感觉啊！

朋友感慨，这森林比任何景色都好，到了这里，有种和自然亲密接触、融化于自然的感觉，觉得什么烦恼都烟消云散了。

记得过去到过海边，面对茫茫大海，感受到人太渺小太渺小，领悟到作为苍天浩海中的一粒尘埃没必要烦恼。此刻我更明白了，如果说大海让人领悟，那森林则直接让人治愈了。

同行朋友中的一位，有个同学住在当地，他盛情邀请我们到离公园不远的海边去看看。

进得海边，已是落潮，茫茫无边的海滩裸露于苍茫天宇下，上面一块一块地间杂长着茅草一样的植物。

沿着岸边的水泥坡道，朋友像海鸟一般快乐地张开双臂投入海滩博大的怀抱中，加入了远处拾泥螺的人群。人在远处，看上去仿佛是小人国的，成了一个小点一个小点的。穿着五颜六色衣裳、弯腰采拾泥螺的影子，是点缀在茫茫灰色天地大幕上的一个个鲜亮的微点。

坡道很陡，非常难走，有如徒步下山。我随朋友后面下去时，没把持的好，跌倒冲了出去，磕破了手、臂和腿。幸运的是，差那么一毫米就磕着脸和头了，但就是没磕着！

朋友的同学，坐在岸边，见状，先是吃了一惊，继而见我无甚大碍，便戏说我"亲吻了大海"。

此行，虽然受了点皮肉伤，却心底生出一些快意来。我这是向森林与大海行的叩首礼，希望从今后，我能时刻记得森林的寂静，大海的辽阔，不再为些小事体而可笑地烦恼，能够始终持有一腔平静与宽宏。

"圣和苗圃"的大千世界

连轴转加班，感觉被禁锢在一个窄小的房子里一般，有些窒息。这时，微信上朋友发来一幅桑葚图，并问一句：美女，桑葚熟啦，有兴趣去采吗？

哈，神经立即复活。

友人是个现代雅人，怎么说呢？应该是佳人＋能人＋雅人＝现代雅人。她在郊外租了一百亩地，栽植树木、花草，从事农副业，并自称"农妇"。

到了实地一看，她何止是"农妇"，简直就是农场主、林场主、副业女王！

车行至一门楼处，边上石头上红字雕刻着"金色年华"四个字。我们便进入了农业观光园区。天地广袤，微风送来作物清香。这一大片地都租赁出去了，朋友说，她是里面最小的租户。

沿着田间水泥马路，转弯处有一指标牌："圣和苗圃"。由此便进入朋友家的地儿了。

迎面是一处曲折有致地布列的带走廊平房，外墙涂成泥巴色，与周围环境融为一体，显出安详简朴来。走廊上一条大黄狗，也一样安静地望着我们。再过去，有几只土鸡在悠闲地觅食，一群白鹅在水中游。大家见了很兴奋，友人也欢喜地告诉大家，这群白鹅共三十八只。

这场景让我想起孟浩然的《过故人庄》：故人具鸡黍，邀我至田家。绿树村边合，青山郭外斜。开轩面场圃，把酒话桑麻。待到重阳日，还来就菊花。美丽的风光和平静的田园生活就在眼前。

走在银杏林的小路上，友人介绍说，左手边是没有嫁接的，基本上不结果；右手边是嫁接过的，结果很多。向前，几棵高大的白果树栽在屋旁。我们当中一位友人便说，银杏树又叫公孙树，长在家前屋后很吉祥，可延年益寿。

友人指着其中的一棵银杏树说：这棵是泰州的朋友送的，果树没花钱，可运费就花了一万二。

出了银杏林，左边是一片土豆地，开一片白色花。右边是一木质走廊花架，凌霄花缠绕着廊柱向上攀至一人多高。又一位友人问：这就是舒婷的"如果我爱你，决不做攀援的凌霄花"所说的凌霄花吗？

终于来到了桑葚园。在绿叶间，紫色的果子结得真多啊，晶莹闪亮。七位女友齐声惊喜地欢呼着走进桑林，忙着摘起来。这帮城里的平时很讲究的大小姐，摘下桑葚就直接往嘴里送了，并连呼：啊，真好吃，好甜啊！怎么来表达这滋味呢？我直觉唯有四个字："甘美无比！"

采摘过桑葚，友人又邀请我们去采摘蚕豆，没成想，最后蚕豆没有采摘得成，却收获了另一份意外的惊喜。

走在广阔的田野间，穿过一坐木桥。桥下是一条长长的小河。友人指着清澈的河水告诉我们：那边一段养的螃蟹，再那边养的甲鱼。又指着近处说，这边就养的各类杂鱼。

我们听着介绍，又是欢喜，又是羡慕，又是佩服。她怎这么能干！

友人也不无自傲地说自己是农、木、渔、副齐全。又感慨，以前不搞这个不知道，搞了这个对农、林及气象知识就特别关注。有次刮大风，她担心的连夜打电话问这边情况。又对我们提及许多农谚常识：水利不通，劳而无功；谷雨前后，种瓜点豆。呀，俨然成农业专家了。

走近蚕豆地时，有三位农妇正在采摘豆子。一见我们，便笑着打招呼。那份热情、淳朴，也只有在这样的地方才能见到了。

她们对友人说，樱桃都熟了，请你朋友去摘樱桃吧。

果然，我们惊喜地发现，旁边是一大片樱桃林。

进入樱桃林，正如农妇说的，树上结满了密密麻麻的果子。红的未熟，摘下一颗咬一口，有些硬和微微的苦涩；那变成紫黑色的，才是熟了的，吃一颗，又软又甜。比市场上的可要醇厚味正多了。毕竟这边是野生的呀。

这樱桃，个头也不同市场上的，都是小小的，小得像黑豆那么大。我们一边吃着，一边摘了往袋子里放。一边说笑着，跨过林中的一条条小沟，向樱桃林深处去。

都说樱桃好吃树难栽，没想到，友人家却栽植了这么多的樱桃树！

等我们出得樱桃林，回到进园的地方时，先前的农妇已经把刚摘的蚕豆、新割的韭菜按人数分好，每人一大袋由我们带回去。

此时恰好是傍晚，夕阳斜晖照着友人家的林园，晚风轻拂。呀，如画的田园，直叫人不想离去。

"圣和苗圃"的大千世界里，猪羊、腊梅园、格桑花、葡萄走廊，木槿花、番茄应有尽有，就连林中的各种野花都开得很闹腾哩。

毕淑敏说，人生有三件事不可俭省：学习、旅游和锻炼身体。这次忙中偷闲，让我从密闭的小屋中走出，让窒息的心灵得以复苏。

也许我们不具备如友人那样的条件，但农家风光岂不是遍地皆是？

走出自我的小千世界，让身心在大自然中来一次放松和沐浴，让头脑在不同风情的滋养下变得机敏和多彩，是否非常有必要呢？

恋恋森林公园

去过一次黄海国家森林公园，感受过其独特的治愈功能，便依恋上瘾，屡生再往之心。

如果，厌烦城市的喧嚣，去森林公园吧，那份静，那份净，绝对会洗涤去心头的积尘，化焦躁为平和。

如果，忧虑人生，去森林公园吧。那份广袤，那份森然，绝对会让曾经攀比失落的心，回归淡泊与无争。

如果，总困惑如何与人安然相处，去森林公园吧，看看那密林中的树，既并肩成林，又各各生长，对处世之道，顷刻便了悟于心……

那么，请与我一起回顾，黄海森林公园，那些让人念念难忘的神奇感受吧。

临近公园，走在"森林"边上的气息便扑面而来。两旁无止尽的是树，还是树。不知名的树，密匝成一汪无际的海。树不太高，后栽之故吧，它似在告诉你，这片公园还在向外生长！

再向前，夹道的是粗壮的杉树。笔立高耸，形成天然的"树墙"，又似树的"悬崖峭壁"。神奇与壮观，让渐行渐近的你惊呼不已。

园内，清一色是高大的杉树。管理人员会告诉你，这些杉树，树龄大的已过五十岁啦。森林的前身是国营林场，树木多为当年在此的知青所栽，故其中有一片挂牌为"知青林"。

森林太广大，你要是步行，那可没法走完。且，走进去，定会迷途，找不到返回的路。有游客骑自行车，可是，也多累得息在半路，回不来了。那回了的，会摇着手力劝你：别骑了，骑不动的！

于是，有游客乖乖地乘坐电动车，至林中栈道入口处。通过木栈道，穿过森林。

栈道起点与终点段平地而建，中间段则通过几处台阶，渐向空中。弯弯曲曲地，行于森林半山腰，有似蝴蝶翩飞于林间的感觉。迎你的是杉树，送你的是杉树，环抱你的还是杉树。怎一个心旷神怡啊！

栈道中央一块，四角设有亭阁。内置木桌木椅。行人可在此品茶、打牌、闲话。林中太阳照不进来，这下雨也打不着了。可赏景，风过处，亦可听林涛阵阵，别提多惬意了。

下了栈道不久，又一道奇观，毕现于眼前：林中旅馆。是一窝一窝的小木房，位于半空、建在树间，状如漫画鸟屋。每只"鸟屋"内，居家设施，一应俱全。夜宿于此，是不是感觉自己成了快乐又自由的鸟儿呢？

走过森林后，多数人回望，感慨：要是清晨即来，一天都徜徉在林中，那感觉才叫过瘾！又畅想：要是退休了，能长住于此，那定会过个寿比南山松不老吧！

安丰古镇，带你穿越去到明清时

安丰古镇可有名了，中央电视台都作了专题报道。这里我仍想用文字来回味一下我眼里的几幅画面。

我家离安丰古镇并不远，开车半小时也就到了。听说安丰打造了这个景区后，便一直想去看。但好事往往曲折然后方能达，还真就几次途经却未能看成。不是心不诚。既有门楼在街沿背面找不着的缘故，更因为我还有个偏见，总认为人工景点，从来难免会给人"假"和"空"的失落。但，这次看过后，这个陈见得以扭转，安丰古镇还真是有看头啊。

首先一走进去，那种既古意幽幽又不荒寂的感觉，就给了我有别于它处的印象。

也看过外地的一些著名古村落，总有种久无人居的陈旧寂寥之气，让人觉得缺了生机，而安丰古镇则融入了现代元素，人们世代延续常居于此的气息十分浓郁。

还有不少古镇因开发已久，商业很繁华，从而冲淡了那份古意幽幽之感，一路走过去，倒像是在闲逛商贸市场，不怎么感受到古朴之风。

178

安丰古镇则不同。一走进去，便有种穿越到明清时期的街集上的感觉，身旁便是充满生机的明清生活实景画图。

是的，安静而淳朴，是安丰古镇给人的又一深刻感受。街边七十多岁的大妈纳的布鞋，古井边试着打打水，吃吃东台特有的传统烧饼"龙虎斗"——哎哟，那味道，真是小时候吃过的农家老醇饼的味啊。别处哪会有！香味缠绵在唇齿间，万千重好吃的感慨，实在是没有言语可描述。

安丰古镇有一展厅让我倍感亲切，又是别处所见不到的。就是毛主席像章珍藏展厅。那些像章可不是现在批量生产出的那种，而是收集自民间或人们捐赠的，不仅品种繁多且凝结了光阴的积淀，每一枚像章仿佛都载着一段厚重的历史故事，让人忍不住要用手去轻抚——当然，不少是收藏在玻璃柜中，触摸不到的。

人杰地灵，古镇上名人故居星罗棋布。我印象深刻的是戈氏家族一门数英杰，让人顿生顶礼膜拜之情。戈公振、戈保全……戈湘岚是与徐悲鸿齐名的画马大师。站在那幅《百马图》前，真的仿佛听到了万马嘶鸣着欢腾着奔涌而来，十分震撼！

还有一特别的展厅，令人见之难忘，便是安丰特色民间工艺——麦秸秆画，堪称一绝。同行者连连赞叹：高手在民间。震惊于这种化平凡为神奇的艺术之时，还会令人有一种感触，那就是一生中专心把一件事做到极致，就有可能创造出上乘的艺术杰作。那一幅幅惟妙惟肖、栩栩如生、生动传神、又透出独特气韵的金色的画，叫人怎么也无法相信是用麦秸秆制成的。于叹为观止之时，仿佛还能闻到麦桔秆特有的干香味。

盐课司四合院内，两株山茶花开得红艳艳。走进去，也是让人徜徉其间不至厌倦的地方。对，去过有些景点，常常听烦了导游的介绍，觉得没啥看头，想早早走人。而安丰古镇的每一处景点都能让人愿意安静地置身其中，久留亦可。就是在街边一饭店吃饭时，这种感觉也特别浓厚。几盘当地农家土菜，一瓶人家自酿的桑葚酒，咋说呢，不只是醉醺醺不思归了，简直就是比居家还安心，还舒坦。

住当地的居民会告诉你，冬天来，安丰古镇更好看。特别是一场雪后，白雪、青砖、黛瓦、红灯笼，会让你感觉街道特别美，特别静，特别踏实。

踏遍街面上所有的"麻石"板，走过长长的安丰古街，意犹未尽，流连不思归。真如当地人所言，来看雪中的古安丰，真心叫人无限期盼着。人还未离开，心，就已经嘀咕着啥时再来了。

秋色如画

金秋季节，周末，一个人宅家里，似乎可惜，于是，信步出门，漫漫地走，融入一片秋光里。

眼前这片天空独自明亮，别处却笼罩着厚厚的云层。小区围墙处的小小白花，年年此季开放，大大方方地宣示它们来了！更小的粉色的花儿，清晨时羞答答的打着苞儿，中午就会勇敢地开个星星点点。

这两天创建文明城市检查，全城响应。十字路口，协理员手持三角小红旗在维持秩序。行人耐心、有序地在等红绿灯。

秋来到，城市大道两旁的树，渐渐显出七彩之色来，喳喳的喜鹊声，不时从树深处传来。

路边遍布一种淡绿色的小花，树根下开满一圈，一点也不惹眼，这么低调，很有点像这座城市的人们的性情。

小麻雀，胆子可大了，人走得这么近，伸手似可抓到它，它仍昂然立于墙头，也在欣赏这一城秋光吗？

来去匆匆的人们，不知道身边有这么多的树、花、鸟，正在静静地看着他们呐!

　　来到盐城十景之一的内港湖边,迎面一朵粉色花儿,悄然独立的身姿,让我心弦为之一动。孤芳自赏,做人也要有这份勇气!

　　紫色的花儿总是最先映入眼帘!一地小草也开满淡淡的花,可是,似乎只是为了衬托那些张扬的紫色花。

　　有种不知名的花,挺会摆姿势的,一朵朵像幼儿园里的小朋友仰起的小脸蛋。围栏边蹲一个七八岁的小朋友,津津有味地赏花,大概也是觉得这花的样子好玩吧!

　　万物皆开花,水边的草开的紫花也别有风情。茨菰花,乍看像塑料的,用手摸摸,触到了柔柔的、嫩嫩的手感,始信是真花!

　　淮剧博物馆里,琴声悠扬,唱腔嘹亮。据管理人员介绍,这种地方戏,在淮安比较受欢迎,本地人喜欢的不是很多。

　　迎面一大片花园,开了粉色的、紫色的、白色的花。有的花朵还很大,初时我误以为是牡丹,等手被刺了,又闻到浓郁的芳香,始知是玫瑰!许多蜜蜂飞舞在花间。

　　告别玫瑰园,已是绕着湖畔走了一圈。路尽头,遇到管理员,告诉我,目前,城南这一块,内港湖是最大的公园了。在此西南,有座盐塘河公园,与此湖还有渊源。

　　原来,这内港湖是人工湖,挖出的土运到盐塘河,堆出一座土山,山上建了一座塔。而盐塘河的河,则是天然的,环绕在盐塘河公园的外围。

　　好吧,下次就去盐塘河看内港湖的土堆出的塔了。

　　谢了管理员的介绍,走出内港湖,见一片树林,中有一条曲径,向那幽深处延伸。新的出发,从这里开始了。

　　一个人独处,却并不会孤单,因为,花、树、鸟、草、云,天地森罗万象,都是亲密的伙伴。

鹊在最高枝

小区里花木茂盛，尤其大树林立，自然就有各种鸟儿在此安家！

每每看见鸟窝，我就疑惑，这么高大的树，鸟儿把窝建在粗大的树桠间，不是更安稳吗？

可是，所见鸟窝总在那最高处，很细的枝丫间，感觉一阵风就可将其吹落，为什么鸟儿要自选危险处呢？

百思不得其解！但后来的一件事，我好像找到了一个答案。

这天中午，跑步上班。

悠然走在小区内。

忽然听到前面路的对面喜鹊"喳喳"叫成一片声，这并不常见。我心想，看来谁家有特大喜事呀，喜鹊都连声报喜了。我还想，我从旁边走过，也可沾点喜气吧。

走近，叫声更响。许多喜鹊都聚在一棵树附近，有的在空中盘旋，有的就在树枝间跳来跳去，行人从下面走，它们也不像以往惊飞而去。

有点奇怪啊！

从树下走过的人，习以为常，都没在意地过去了。特别是那些开车，或骑着自行车的。我本也打算像平时一样，不管喜鹊声，继续向前。但因步行，更多地看到喜鹊的样子。

奇怪呀，喜鹊怎么不怕车子，不惧行人呢？盘旋的、跳来跳去的，似有愤怒和恐惧，都绕着树，惊惶不安样。我心生疑惑，便走过马路，要去看个究竟。

啊，原来，一只大黑猫盘在粗大的树桠间！

我赶走了黑猫后，喜鹊们终于安静下来。它们似乎有灵性，竟停在树枝上，没有飞走，任我给它们拍照。

这可是很难得的。过去，我多次想拍摄喜鹊，都没拍成。因为，一从树下经过，它们便"扑"的一声全飞走了。

想起"万物皆有灵"，喜鹊们这也算是对我的"报恩"吧。

拍好照片，继续前行。这时，我猛然醍醐灌顶：哦，鸟窝总建在那高危处、细小的枝丫间，原来是为了防止会爬树的猫的啊。

看来，喜鹊也懂得"两害相权取其轻"的道理。

这一点，人倒是要向喜鹊学习。

日常生活中，遇到什么急难的事儿时，比如高考失利、恋爱失败、事业不顺，要考虑采取损失最小的应对办法。比如，大不了丢了面子，大不了重新来过，一定不要采取气急败坏、甚至伤害自己身心健康的愚笨的行为啊。

冬天里的小草花

冬天的世界，一片空旷与寂静，万物敛藏生息，只盼着早日熬过这个萧瑟的季节。

忽有星星点点的鲜艳色映入眼帘，仔细瞧过去，在那一片微微泛着亮光的淡棕色的草坪上，开着一小簇一小簇小小的红花。瞬间，空气活跃了，跳荡着闪烁着许许生机来。

午后微暖的阳光，温和地照耀着，在小草花上反射出明媚的光泽。一朵朵虽小却妖娆的姿态，甚是若人爱怜。四周再望过去，还有一小丛一小丛白色的小草花，也开得欢畅着呢。

这可是万物躲着避着的时候呀，竟然有这些不知名的小草花儿，不畏严寒，傲然地开放着。红的撩人眼目，白的玉色绸缎一般柔和安静。但都一样地，叫人心底涌上欢喜来，忍不住流连细观。

每见到一树繁花，不觉得稀罕；这几朵小草花，反倒透着一股新鲜的冲击力，让人不由得心有所动。每见到春花茂盛不觉得神奇，这冬月里，独自开在一片空寂里的小草花，倒叫人油然而生敬意，感佩这些小生命如此顽强与坚韧。

天地无限大，它们只摇曳于这极小的一角，罕有人到的地方。纵有谁偶尔打这里路过，稍不注意便会忽略了它们的存在。

生长在偏僻的地方，开花，凋谢，都不被世人看见，是不是令人惋惜了？太渺小，不起眼，是不是存不存在都无意义了？

世界广博，万类繁荣。一朵小小的花，也是一份不可或缺的奉献。一次荣枯的自我完成，也是生命神奇的伟大见证。没有无以数计的小生命的努力圆满，哪能汇聚成天地寰宇间气象万千的壮阔。

又为那一地添了一抹灿烂，给偶尔路经的行人赠送了一份惊喜，一份感悟，则这小生命的功绩又有了几多不可小觑的地方哩。

一段诗句忽然从记忆中跳出。"草木与人，有什么不同呢？其实都一样。看着草木，拼尽全力活着的姿态，有时甚至惊觉，它们比人类还要伟大。"

一个人，在这个星球上，便和这小草花一样，很渺小；又和这小草花一样，生命太匆匆；然而，也是要像这小草花一样，不管在什么样的境遇下，都认真地开花，结籽，完成自我。

花有故事见精神

春天的时候，花儿特别热闹，公园里，河岸边，道路旁；树花，草花；名花，野花；繁密的、孤傲的……次第开放，一整个春天，无一日怠慢或稍息。

百花盛放，又匆匆凋零，热闹过后的沉寂，明明白白地告诉人们季节的轮转，也似乎喻示人们，请珍惜时光与生命。

人生多少秋，便会相遇多少朵花。而每一朵相遇的花，都在记忆里开出一个别具一格的故事。

1

这株贴梗海棠，开在上班常经过的小路旁的杂丛中，繁密的绿叶掩映下，红艳四射。但因恰在道路的拐角处，所以，常常不经意她就开在了人们的身后，也因此，我在这条路上走过许多年后，才在这个四月的早晨，第一次被她的秾丽撞击到眼帘。

如此华丽却无人看见，她竟可以年年淡然，自开自谢，独自豪奢着芳华！我倒是要学学她的精神，但得拥有光华，自在闪烁生辉，何须在乎有无被人看到呢。

2

这朵小花，不知道叫什么名儿。我见得不多，只在一处地方，偶然与她相逢。那地儿，真是委屈她了。是密不透风的绿化带的根部，要不是她努力地从像牢门一样的绿篱底部的缝隙中努力探出小小的身子，就不得见天日了，而人们也永远看不到她的倩影了。

"越狱"成功的她，竟也很得意地在风中招摇。虽然上面还是被大棵密匝的绿丛压迫着，小小的身子变形地扭曲着，可是，她就是露出了胜利者才有的得意笑容。没有为曾经的阳光照不到而怨怼，也不为仍没有站立在蓝天下而忧愁。

一朵小小的花，其顽强且乐观的精神，很有感染力，不是吗？

3

这株枯枝牡丹，开在小区一户人家的门前。是这家爱花的人，移栽到视线底下，像呵护自家的孩子一样，培养着、喜爱着、欣赏着。这么娇贵的花，古往时节，只生长在京都王府，现在，寻常百姓家的小院内，她竟也一样地自在开放。看来，不在地尊人贵，但只要有爱护，她就能幸福地开放。

这天正逢一场细雨，含烟笼雾，正半开的花，真是楚楚动人啊！我匆匆地拍得一幅照片，便如小偷一般溜了，第二天，却看到一位美女蹲在她的面前，仔细地从不同的角度给她留影。

美女抬头，哈，原来是我的同学。便问她怎么敢这么长久地停留在花前，不怕人家看到了，笑她"花痴"？她说这有什么，欣赏美，有什么见不得人的，这说明我到处能感受到美的东西。罗素说，世上不缺少美，而是缺少发现美的眼睛。打花边走过，却不知道欣赏的人，才应该被笑。

我不仅折服了她的从容，以后，我再被好看的东西绊住脚步，伫立观赏时，也不用担心别人笑我吧。

顺便说一下，我这位同学真是位美女，曾见她一曲瑜伽舞美轮美奂，把我们的心都舞得柔软欲化了。

4

这是一树白梅花。梅花一般开在二月，而这株花，三月末了，才开了个满树灿然。李白讴歌大林寺桃花：人间四月芳菲尽，山寺桃花始盛开。这白梅，在别的梅花早已踪影不见之后，才悠然地盛开，只因，她位于高楼后面，一直长在背阴地里。

所以，作为人，不要羡慕别人"向阳花木先逢春"，只要你是开花的树，早晚你会开的，而且，笑到最后的才是最美的。

地上落满了梅花，一朵朵依然饱满，一点没有凋萎的样子，倒像是开在草丛上的小白花。原来梅花是这样落的？像茶花一样，在开得盛时，整朵花"啪"一声，毅然离开枝头。只知梅花有凝霜傲雪的坚贞，没想到还有不抱枝头的气节！我不由感动不已又更凛然起敬了！

清晨"水街"漫步

天街小雨润如酥。

清晨，细雨霏霏。打从水街路过，被其婉约安静吸引，不觉漫步过去，渐行渐深。

似织女抛下的一幅水墨色长练，南北走向约四里长的水街，西傍串场河，东临开放大道，南起世纪大道，北至东进路，总占地 200 多亩。

东西南北，皆可进出水街。东西两侧进出口建有石牌楼，风格各是一家。由此，可进水街串场人家。

进得串场人家，便走进了如画的古街市。出了串场人家，则又回到车水马龙的现世界。一进一出，一古一今。截然两重天。

水街串场人家，最大特色是一幢幢仿古建筑，鳞次栉比。在统一的格局中，每栋建筑又有自己的个性特色。

有似简易民居，透出素雅之风；有似楼堂馆舍，呈现豪霸之气。

喜欢一座座掩映于绿树丛中的独体小屋，雅意隐隐。也喜欢一座座临水簇居的飞檐翘角的楼宇，彰显融融生机与欢庆大同之盛景。

最喜欢的是中心段的建筑，依着一弯河水两旁而走，曲曲折折，飞檐勾斗，回廊相接。中有一座座小桥，让人们跨过水流去向四路八方。但是，如果不熟悉路径，怕是会迷路的。这些屋宇，或经营餐饮娱乐，或展示盐渎书画，或陈列地方土特产。主基调是彰显盐渎文化，但每走进一道门，见到的则是各具一格的小天地。

美人靠上坐一坐，眼前便隐约看见三两位风情款款的仕女，随心看曲桥人行，低声语流水船摇。

盐城物华天宝，人杰地灵，这里又是雅人会聚的地方。偶然被一扇晃动的玻璃门吸引了目光，轻推而进，或许就邂逅了一位高士呢。

书香四溢的房间，明亮的雕花格子窗下，坐在红木方桌边，伴随窗外那一河流水的清澈、灵动，如此寂静之风雅处，不正是好读之人一心向往的吗？

对岸是戏楼，隔河观赏表演，悠哉游哉，怡情赋闲，不羡鸳鸯不羡仙呀。

这里多唱古装地方戏。而紧邻串场人家的水街大舞台，则多演现代节目。据讲，现在几乎每晚都有演出呢。那时节，一古，一今，又是两番景象并观。

因是清晨，绝大多数门扇还都关着，街市显得空荡寂静。如果，人影如织，往来熙熙，商贸发达，升平欢腾，让这水街的特色，随着人流，流向四面八方，那才是锦上添花了。

麦场边上读书时

周末回老家，闲下来时，我便掏出书来看。

这个季节，在老家看书是无上的享受，无论是搬一张小凳子坐在门前麦场上，还是坐在家里靠窗的桌前。

估计许多人未曾感觉到这好处。话说回头，只要没有压力，带着一颗悠闲的心，这种时候在乡下，做什么都觉得特别地妙不可言。

此时的农村景色最美。不必去名胜佳地旅游，到农村走一走，身心便都得以沐浴至福。

眼见的是巨幅生机勃勃的田园风光，无边的绿，各色的花儿，天空飞过的一只又一只鸟的身影，以及"流连戏蝶时时舞"。

呼吸的是满含各种作物清香的空气，不仅仅是身处氧吧的感觉，而是陶醉于大自然为你调制的佳酿般的芬芳气息中。

耳听的是"自在娇莺恰恰啼"，既有清晨的百鸟齐鸣，也有白日不时从田野上空啼落的一两声脆鸣，或是四处彼此应答的唱和。

在这样的大背景下，做什么不会是心情万分舒畅呢？

记得有句话说，这世上最珍贵的东西都是免费的。所以，有机会，诸位还是到农村去走走，趁天气还不热，万类正青葱。

闷在家中的会发霉，劳师袭远的会疲惫，老想着赚钱的会焦虑，图谋升迁的日子会枯燥。差不多了时，就抽空去不远的乡下让自己身心完全放松一回。

所以，我到家，可不会思量着帮父母干多少活，我这一天的付出也不能让他们发财。到家看看他们，陪他们说说话后，我便会让自己"极穷奢"地享福。

我会走在田埂边，"极目楚天舒"，贪婪地看那浩浩荡荡的绿野涌动。我会沿着农庄线走着，欣赏农家那宽敞的房屋，偶尔遇见乡人，便和他们闲聊家常，心情荡漾在他们淳朴的笑语里。

我会到处拍照片，因为，到处都是美不胜收的景致。可以拍到城里看不到的蓝天，绿波，嗡嗡的蜜蜂，各种可爱的小蛾子……

辽阔的原野，轻柔的乡村的风，滋养着被平日僵化闭闷的日子摧残得渐欲枯萎的心情，豁亮的襟怀和愉悦的感受复苏了，生机和原力在淳朴四溢的乡野醒来了。

我还享受过乡村夜晚的空旷与寂静，也让一颗心变得特别的安宁与踏实。也见过乡村夜晚的广袤无边的星空。星星大而明亮仿如伸手可摘的钻石，它们的静默不语也让人心变得特别地安静放松。

后来，每当在城里生活，无论是家庭的日常，还是工作中的烦琐，让我感觉好像沉闷窒息时，我便会用回想农村的这些景象来为我生存的空间输入氧气，让自己的精神得到片刻的休憩和复原。

饱餐了乡村秀色后，我会更添一道我独有的"美餐"，那便是掏出书来看看。有次，我立在麦场边高过人头的香菜白花前读书时，父亲便好奇地问我，你读的什么书？边说边接过去翻起来。

父亲八十岁了，书上的字还能看得清楚。这给了我很大的信心，不担心将来老眼昏花读不了书。

我为什么要特别记录下这一幕，因为，父亲对我做的这一事特别地引以为傲。话说，好像我做什么事儿，我父母都觉得了不起。在当下读书、写文字被一些人小瞧的时候，我爸我妈每见我读书，便好像我有多了不起似地。这让我感到特别的幸福。

前些年吧，我出了一本书。唉，这也是现在没人瞧得上的事儿。可我爸逢人就告诉。而我妈，则把我带回家的几本慎重地珍藏了起来。这让我在为自己这年头还写字感到羞惭的时候，又升起了一点自豪感。甚至会萌生出把我的文章再整理出一本书来，以让爸妈高兴的冲动。

当然，我的这份自信、觉得这事有意义的感觉，一离开乡下，一不在爸妈面前，便又会荡然无存。因为，在别的环境中，我感觉我在做一件让人嗤笑的不合时宜的事。

好吧，回到我爸那问题上，你读的什么书？沈从文说，我读一本小书同时又读一本大书。我也读两本书，一是常回老家读乡村这部大书，一是常读我小小心田这本方寸小书。

然后，我便得以活泼泼地生活着，一如这生机浩荡的乡村五月。

溱潼古街

溱潼镇紧靠老家，隔条马路就到。镇街去过无数次，印象特别深，尤其喜欢徜徉于后街小巷，那里溢满浓郁的水乡古镇风味。

沉浸于古街的氤氲气氛中，街面虽然喧闹，但你内心却可以始终拥有宁静。

溱潼集镇，在我印象中，是一座水上集镇，进镇便是一条环抱集镇的大河，镇中又有大河穿过。

集镇呈"井"字排布，东西两条街道，南北两条街道。

东西向两条街背靠背并行，前街为现代街道，门面装饰、经营的货品，都是现代的，与别处集镇无甚区别。后街则完全另一番景致，如同穿越一般，带你回到了前古时期，漫步于另一个朝代。

街道两旁是二层楼的门面房。粉墙黛瓦，雕花木门木窗。屋檐下一溜挂满红红的冬瓜型灯笼，满是喜庆的节日气氛。建筑风格、色调搭配，都如古画中景。

门面内店家都忙着当街推出本地土特产。

品种五花八门，凸现水乡特色。最多的产品当数溱潼三珍（鱼丸、鱼饼、虾球）、黄桥烧饼、麦芽糖。街两边一溜一溜的都是这样的铺面。

偶尔间杂着米酒店、豆腐脑摊子。

这豆腐脑摊子给我印象也深，特别之处在其灶具与别处不同。一只木箱子，上支一口锅子，上盖木锅盖，再上倒扣着一摞一摞的碗。来客人了，取下碗，揭开锅盖，盛一碗豆腐脑，撒上葱花、香菜，辣酱，味道自是独特的溱味。

还有一种特大肉圆，状如扬州狮子头，看了也特别诱惑人。它是由肉糜加蟹黄油炸而成。又一味广受当地人及游客喜爱的土特产。

集镇上还有另一道景致，别处没有。街头巷尾，会有叫卖新鲜菱角的。水网地区，盛产这个。长塑料桶里，堆得小山丘似的，都是青绿、饱满的菱角。有两角菱，也有四角菱。价钱上四角菱更贵些，因为口感更清甜。

踏雪去见你

周末，好舒服，不用急着早起，不用惦记着上班。但习惯性地醒来。躺在被窝里翻看微信。哈，还有更早的人！"九仙女"群里的几位美女已经聊开了。

主题是雪。对了，昨晚，开始飘雪花，这一夜下来，不知下得怎样了，说不定，外面已是粉装玉砌一个世界了呢。

于是，邀约：一起去看雪，如何？有几个退缩，怕冷呀，离不开温暖的被窝。难怪，今日"怪兽级"寒潮来袭，确是叫人出不得家门。也有坚强而浪漫的，约了在一座茶馆前会合。

严装密裹，出门去。原来一场微雪。路上、树梢上、屋瓦上，只覆盖了薄薄一层白。但，整个世界，也恰似略施脂粉的女子，透显出分外的素洁、淡雅之美来。

太阳已经出来，白雪静，阳光暖。但，天气是极寒的。地上都结了冰，行人，小心地走着，车子也不敢开快。

向着约定的地点走去，过一座静静的树林，再过一座宽阔的拱桥。

脚下偶尔也微有嘎吱声,更多的是小心着一脚一脚踩稳了走,路滑,怕跌倒。路两旁的常青树冠上,点缀着一小块一小块的积雪,似新娘的盖头上的装饰。

到得水街茶馆,白雪微积的青砖黑瓦屋,飞檐翘角的仿明清建筑。廊檐里悬挂着一排大红灯笼,显出浓浓的节日喜庆来。推开玻璃门进去,友人已经等在茶桌前了。

开着空调的室内好暖和啊。清一色的木桌木凳,仿古装饰风格,非常的漂亮和充满厚重的家的味道。

一人一杯热茶,捂手。点一碗面,一份素饺,再一份野荠菜团子。几个人聊开了闲情絮语。笑,伴着袅袅热气漫溢,浑然忘却了屋外的寒和雪。

昨晚,回家路上,恰与一位同事一起走。雪花飘舞中,他说,白天读了十首关于雪的诗,有八首提及美酒。谁问的?红泥小火炉,能饮一杯无?

这雪天,三两个好友,把茶叙话,其味不输酒呀。踏雪去见你,不辜负这一片美的时光。

又到一年飞花时

　　春光明媚，这季候，一举手，一侧身，一抬眸，便会与百花对面相逢。不经意，看满目红紫，染满怀沁香，盈满心灿烂。

　　那一树红梅，老干新蕊，香满人家院。那一陂迎春，绕堤照水，醉了行人眼。那遍野星辰婆婆纳，热闹了旅人的天涯。

　　一枝豆蔻，朵朵腮上一点胭脂红，不负芳名"二月初"，被诗人吟唱了千年。

　　圣洁的白玉兰，赶了佳期，忙忙地在三月初便次第盛放，仿佛为赴一场如梦的约会。

　　桃红李白未曾让。

　　李花豪放，路之旁，河之岸，一树一树开如燃，照亮了一片春空。桃花儿娇，先遣一朵两朵，把那春讯探，然后才纷纷迎着晨风笑。

　　茶花，杏花，二月兰。海棠，樱花，郁金香。蔷薇，梨花，鸢尾花……

　　知名的，无名的。傲然的，谦逊的。富丽的，淡雅的。高空的，低处的。庭内的，野外的……

万紫千红斗芳菲，怎一春花事烂漫！

花开满城，每一朵都蕴含喻意，脉脉传递花信与花语。早春花开，唤起人们的希望。仲春花开，渲染人们的热爱。暮春花开，赠送人们一份坚守。

花有绚烂，人有精神。花有春光，人有芳华。花开一季，人活一世。又到一年花飞时，愿你人生璀璨，灼灼如花！